Virginia Woolf

VIRGINIA WOOLF

弗勒希
FLUSH

〔英〕弗吉尼亚·伍尔夫 著
吴洁静 译

上海译文出版社

Virginia Woolf
FLUSH
封面及环衬图源自 Vanessa Bell 作品

图书在版编目(CIP)数据

弗勒希/(英)弗吉尼亚·伍尔夫(Virginia Woolf)著;吴洁静译. —上海:上海译文出版社,2024.4
(伍尔夫文集)
书名原文:Flush
ISBN 978 - 7 - 5327 - 9410 - 2

Ⅰ.①弗… Ⅱ.①弗… ②吴… Ⅲ.①中篇小说—英国—现代 Ⅳ.①I561.45

中国国家版本馆 CIP 数据核字(2024)第 048141 号

弗勒希

〔英〕弗吉尼亚·伍尔夫 著 吴洁静 译
责任编辑/顾 真 装帧设计/张志全工作室

上海译文出版社有限公司出版、发行
网址:www.yiwen.com.cn
201101 上海市闵行区号景路 159 弄 B 座
苏州市越洋印刷有限公司印刷

开本 850×1168 1/32 印张 5.5 插页 6 字数 68,000
2024 年 4 月第 1 版 2024 年 4 月第 1 次印刷
印数:00,001—10,000 册

ISBN 978 - 7 - 5327 - 9410 - 2/I·5879
定价:62.00 元

本书中文简体字专有出版权归本社独家所有,非经本社同意不得转载、摘编或复制
如有质量问题,请与承印厂质量科联系。T: 0512 - 68180628

目 录

第一章　三英里十字村
1

第二章　背面的卧室
23

第三章　风帽男
39

第四章　白教堂
65

第五章　意大利
95

第六章　尾声
128

资料来源
143

注释
146

附录
记一位忠实的朋友
163

第一章　三英里十字村

众所皆知，本回忆录之主人公，其血统继承自世界上最古老的家族之一。因此，无从追溯祖上姓甚名谁，也就不足为奇。几百万年前，这个如今被称作"西班牙"（Spain）的国家，因天地万物的蓬勃发展而激荡不安。岁月流逝；草木萌发；草木生长之处，自然法则认定，须有兔子；而有兔子的地方，则命中注定，须有狗。在这方面，人们没有任何非议或评论。然而，一旦问起抓兔子的狗为何被叫作"西班牙猎犬（Spaniel）"，便引发了疑难。有些历史学家表示，当年迦太基人登陆西班牙时，那些大兵都异口同声地喊叫："Span！Span！"——因为每一片矮树林、每一片灌木丛里，都有兔子四处飞奔。兔子在这片土地上熙熙攘攘。而 *Span* 在迦太基语中就表示"兔子"的意思。于是这片土地被称作"伊士班尼亚（Hispania）"，又名"兔子国"。而那些紧随其后奋力追赶兔子的狗,就被叫做"西班牙猎犬",又名"兔子狗"。

至此,很多人会心满意足地将讨论搁置;但迫于真相的压力,我们必须再提一句:还存在另一派不同的观点。伊士班尼亚这个词,那些学者表示,与迦太基语单词 *span* 毫不相干。"伊士班尼亚"源于巴斯克语中的 *españa*,表示"边界"或"界限"。如果真是这样,兔子、灌木、狗、士兵——这一整幅浪漫宜人的画面,就必须被赶出脑海;我们只能单纯地认为,西班牙猎犬之所以被称作 *spaniel*,是因为西班牙被称作 *España*。至于第三派文物学家的观点——他们坚持认为,西班牙猎犬出了名的长得一副好模样,因此如同将情妇称作"妖怪"或者"野兽",西班牙人也将他们最爱的犬种称作"歪歪"或"皱皱"(*españa* 可以被认为具有这些含义)——然而这种推测太过离谱,很难让人认真对待。

略过这些理论,不管其他还有多少,没必要为它们止步不前,让我们来到十世纪中叶的威尔士。此时,当地已经出现了西班牙猎犬,根据某些人的说法,它们是在多个世纪前,由西班牙的依波家族或艾弗家族带来的;而且肯定在十世纪中叶之前，就已经享有很高的声望与价值。"国王的西班牙猎犬价值1英镑。"豪威尔·达①把这一条写进他的法典里。回想一下在公元948年一英镑可以买到哪些东西——多少女人、奴隶、牛、马、火鸡和鹅——显然可以得知，西班牙猎犬在当时已经享有很高的声望与价值。他已经在国王身边占有一席之地。他的家族已经被诸多大名鼎鼎的统治者授予荣誉。早在金雀花王朝、都铎王朝和斯图尔特王朝仍在为别人躬耕农田时，他已在宫殿中悠然自得。早在霍华德、卡文迪什和罗素家族远未从史密斯、琼斯和汤姆金这些平民百姓中脱颖而出前，西班牙猎犬家族已是卓尔不群。随着世纪前进的步伐，亲代衍生出旁支。从等级来看，在英国历史的发展过程中，出现过至少七个著名的西班牙猎犬家族——克伦伯犬、萨塞克斯犬、诺福克犬、黑田犬、可卡犬、爱尔兰水犬和英国水犬，皆为史前原始西班牙猎犬的后代，但又各自表现出不

---

① Howel Dha，即 Hywel Dda，威尔士德休巴斯王国创立者，公元942—949/950年间在位。

同的特征，因此享受不同的待遇。伊丽莎白女王执政时期，曾经有一支犬中贵族，为菲利普·西德尼爵士①亲眼所见："……灵缇、西班牙猎犬和猎狗，"据他观察，"依次犹如犬类中的君主、缙绅和自耕民。"他在《阿卡狄亚》中写道。

不过，倘若我们由此推断西班牙猎犬追随人类榜样，仰望灵缇，视其为领导者，并凌驾于猎狗之上，那我们将不得不承认，犬类建立贵族阶级的种种理由，比人类更为合理。至少凡是研究过西班牙猎犬俱乐部准则的人都会得出这样的结论。那具堂堂正正的躯体，清晰地展示出西班牙猎犬的缺陷是什么、优点又是什么。浅色的眼睛，比如说，是不可取的；蜷曲的耳朵则更糟；天生浅色鼻子或头顶鼓包不亚于致命缺陷。西班牙猎犬的优点也同样被定义得明明白白。脑袋轮廓必须流畅，抬起时口鼻部不能有突兀的弯角；头骨必须相对圆润，发育出充足的空间容纳脑力；眼睛必须饱满，但不外突；表情必须在聪明与温顺之

---

① Sir Philip Sidney(1554—1586)，英国诗人、廷臣、军人。《阿卡狄亚》(*Arcadia*)是他创作的传奇故事。

间择其一。人们更喜欢表现出上述特征的西班牙猎犬，选择它们繁殖后代，而那些坚持遗传头顶鼓包和浅色鼻子的狗，则会被剥夺同类所享有的特权及嘉赏。因此，评判者制定准则，制定准则以明确赏罚，赏罚确保准则得到遵守。

然而，反观人类社会，眼前尽是怎样的混乱与困惑！没有哪个俱乐部掌握着对人类血统的裁判权。纹章院是最接近西班牙猎犬俱乐部的人类机构，它起码尝试将人类家族的纯正血统保留下来。但要问高贵的出身由哪些条件构成——眼睛是深是浅、耳朵是曲是直、头顶鼓包算不算致命缺陷，我们的评判者也只会让我们参考纹章。或许你没有任何纹章。那你就是个无名小卒。可一旦你成功地宣称自己拥有十六块四等分纹章，证明自己有权拥有冠冕，他们会说你不仅有出身，而且出身很高贵。于是出现了这样一番景象：在整个梅费尔地区，没有哪只调味瓶上会缺少抬头蹲伏的狮子或直立的美人鱼。就连我们的亚麻制品零售商，也在门前挂满皇室纹章，就好像这能证明睡在他们的被褥里很安全。到处都在彰显阶级，主张优越性。然而，当我们着手调查波旁、哈布斯堡和霍亨索伦王朝——他们披挂着那么多的冠冕和纹章，蹲伏或跃扑着那么多的狮子和猎豹——发现他们如今不过是被流放、被废黜、被剥夺尊严时，我们只能摇头承认：还是西班牙猎犬俱乐部评判者的判断水准更胜一筹。这样一个教训，在我们从重大事件上回过头来、细想弗勒希在米特福德家族的早期生活时，将再次直接得到验证。

大约在十八世纪末，在位于雷丁附近某位"米德福德"（Midford）或"米特福德"（Mitford）博士的家宅里，居住着一支西班牙猎犬中的名门望族。那位绅士遵照纹章院准则，将自家姓氏中的 d 改成 t，随后自称贝特伦城堡的米特福德之诺森伯兰家族的后代。他的夫人娘家姓罗素，尽管是远房，但与贝德福德公爵家族也确实有着血缘关系。但因为米特福德博士的后人在传宗接代方面表现得如此恣意妄为，毫无原则可言，以至于没有一个审判团承认他所自称的优良血统，也不允许他繁衍同类。他的眼睛是浅色的；他的耳朵蜷曲；他的脑袋上展示出灾难性的鼓包。此外，他自私自利到了极点，挥霍无度，俗不可耐，虚伪狡猾，沉溺于赌博。他糟蹋自己的财产、他夫人的财产，以及他女儿的收入。他在飞黄腾达时抛妻弃女，又在疾病缠身时跟她们讨吃讨喝。他确实有两大优点：一个是惊人的美貌——他貌比阿波罗，直到暴饮暴食将阿波罗变成酒神巴克斯；另一个是全心全意地喜爱狗。然而，毫无疑问，如果存在一个与西班牙猎犬俱乐部相对应的人类俱乐部，那么就算将姓氏中的 d 改成 t，就算有贝特伦城堡的米特福德做表亲，也无法使他免于谩骂和羞辱，免于不法行为所招致的一切惩罚与流放，免于被打上不宜繁衍后代的杂种狗的招牌。但他是人。因此没有什么可以阻止他迎娶一位出身血统高贵的女士，活到耄耋之年，家中拥有灵缇和西班牙猎犬并繁衍数代，以及诞下女儿。

没有哪个研究能弄清弗勒希确切的出生年份，更别提精确到月和日了；但他有可能出生在 1842 年初的某天，并有可能是特雷（约 1816 年）的直系后代。特雷的外貌特征——可惜只被记录在一些不靠谱的诗歌材料中——证明了他曾经是一只价值不菲的红色可卡犬。我们完全有理由认为，弗勒希是那只"纯种老可卡犬"的儿子。米特福德博士"因为考虑到他在田野里的出色能力"，拒绝了二十个基尼的价格。想要了解弗勒希在幼犬时期最具体的模样，哎，我们不得不采信诗歌里的描述。他的毛发呈现特殊的深褐色，在阳光下，"浑身闪耀着金光"；他的眼神"警觉而又带着棕绿色的温柔"；他的耳朵"呈麦穗状"；他"修长的四肢""覆盖着流苏"；尾巴宽大。诗歌措辞往往力求押韵、不求精准，但如果排除这方面的考虑，这些形象特征确实都符合西班牙猎犬俱乐部的准入条件。不可否认，弗勒希是一只纯种的红色可卡犬，该品种所具备的一切优越特征都在他身上留下了印记。

他出生后的头三个月是在三英里十字村的一间工人农舍里度过的，位于雷丁附近。由于米特福德家道中落——科伦哈普克是他们唯一的仆人——椅子套是米特福德小姐用最廉价的材料亲手缝制的；最重要的家具似乎就是那张大桌子；最重要的房间是那间宽敞的温室——弗勒希身边不可能出现任何一件与他同阶级的狗所享用的奢侈品，包括防雨狗窝、水泥步道、一位专门服侍他的女佣或男童。

但他茁壮成长了；他以他性格中的欢快明亮，享受了绝大部分的乐趣，以及只有他这样的小公狗才能得到的一些特殊待遇。米特福德小姐，这是真的，经常被困在农舍里。她必须连续数小时为她父亲高声朗读；然后跟他玩一会儿克里比奇牌；等到他微微睡着后，她去温室的桌子上不停地写啊写啊写啊，为了支付账单，偿还债务。不过到最后，期待已久的时刻终于到来。她把稿子往边上一塞，匆忙扣上帽子，拿起雨伞，与她的小狗们一起出发去田间散步。西班牙猎犬天生通人性；弗勒希，正如他的故事所验证的，对人类情感甚至有一种过分的敏锐。他亲爱的女主人终于能用力呼吸新鲜空气，风吹乱她的白发，脸上泛起自然的红晕，同时浓眉之间的皱纹也自行抚平，这景象令他兴奋得活蹦乱跳，而这野性，有一半是因为体会到她内心的喜悦。当她大步穿越高高的草丛，他会左跳右跳，拨开绿草的幕帘。冰凉的露珠或雨滴，泛着彩虹般的光泽，泼洒在他的鼻子周围；土地，有硬，有软，有温暖，有冰冷，刺痛、戏弄、轻挠着他柔软的脚掌。接着，各种相互交织的气味，以最微妙的组合，刺激他的鼻孔；猛烈的泥土味，甜蜜的花香；树叶和灌木不知名的气味；过马路时闻到的酸味；走进大豆田时飘来的辛辣味。然而，倏忽间，一阵风吹来，将一种气味剥离得更加尖锐浓重，比其他任何气味都更具杀伤力——一种撕裂他大脑的气味，搅起千万种本能，释放出亿万种回忆——野兔的气味、狐狸的气味。他一闪而过，好像一条鱼被急流裹挟得越来越远。他忘记了他的女主人；他忘记了整个人类。他听见深肤色的人们大喊："Span！Span！"他听见抽打鞭子。他跑起来；他冲出去。最后，他困惑地停下来；咒语逐渐消失；慢慢地，他像只绵羊般羞怯地摇着尾巴，小步往回跑，穿过田野，回到米特福德小姐站着的地方，她正在那里一边挥舞着雨伞，一边大喊："弗勒希！弗勒希！弗勒希！"有一次，这召唤甚至变得愈发急迫；狩猎的号角惊醒更深的直觉，唤起更原始、更强烈的情感。情感在一声欣喜若狂的呼喊中，超越了记忆，使草木、野兔、狐狸统统被遗忘。爱点燃了她在他眼中的熊熊火把；他听见爱神维纳斯狩猎的号角。在尚未完全脱离幼犬期之前，弗勒希便当上了父亲。

米特福德小姐

在1842年,即便是男人做出这样的行为,也需要传记作家为他找借口;如果发生在女人身上,任何借口都无济于事;她将不光彩地被世间除名。然而,狗的道德准则,或好或坏,肯定与我们人类有所区别,如今已不再要求弗勒希为这方面的行为遮遮掩掩,当时更不会因此剥夺他加入这片土地上最纯净、最贞洁的社交圈的资格。比如有证据显示,普西博士的兄长曾经迫切地想要买下他。普西博士的性格众人皆知,他的兄长估计也差不离,据此可以推测出,无论弗勒希多么轻佻善变,他身上必然包含着某种严肃可靠、揭示他将来表现卓越的因素,即便他当时尚处于幼犬期。不过,相比之下,还有一个重要得多的证据可以用来证明他具有迷人的天赋。那就是:虽然普西先生想买下他,但米特福德小姐却拒绝出售。当时她在财务上已是山穷水尽,难以想象自己接下来将周旋于怎样的悲剧、度过怎样的一年,以及将如何放下身段,忍气吞声地向她的朋友们求助,因此要拒绝普西博士的兄长主动提供的这么一大笔钱,肯定是相当艰难的。弗勒希的父亲当年卖了二十英镑,米特福德小姐完全可以为弗勒希开价十到十五英镑。十到十五英镑可不是一个小数目，而是一笔可以任她处置的巨款。有了这十到十五英镑，她可以修补椅子，她可以购置温室用品，她可以为自己买下整整一橱子的衣物。"在过去的四年里，"她在1842年写道，"我从没买过任何一顶帽子、一件斗篷、一件礼服裙，甚至是一副手套。"

但是，把弗勒希卖掉是不可能的。他是少数无法用金钱来衡量的对象之一。狗是极其珍贵的物种，不是吗？他是精神的典范，是无价之宝，完美地象征着无私的友谊；可以献给一位朋友——如果你有幸拥有——这位朋友如女儿般亲密；这位朋友整个夏天连续好几个月都离群索居地躺在温珀街背面的房间里；这位朋友是英格兰最先锋的女诗人、才华横溢、命运多舛、受人爱戴的伊丽莎白·巴雷特本尊。就是这样一个念头——当米特福德小姐望着弗勒希在阳光下打滚跳跃时，当她身处伦敦，坐在巴雷特小姐房间里的沙发上，而在常春藤叶的掩映下，房间里显得相当昏暗时——越来越频繁地出现在她脑海里。没错；弗勒希值得拥有巴雷特小姐；巴雷特小姐也值得拥有弗勒希。

这是一种伟大的牺牲；但必须付出牺牲。因此，大约时值1842年初夏的某一天，人们目睹一对气度不凡的搭档来到温珀街——其中有一位矮小结实、衣着寒酸的老妇人，她满面红光，一头银发，用链条牵着一头精神相当饱满、好奇心相当旺盛、血统相当纯正的金色可卡犬幼犬。他们几乎步行过整条街，最后在50号门前停了下来。米特福德小姐颤颤巍巍地拉响了门铃。

即便时至今日，也没有谁能够在拉响温珀街上某幢房子的门铃时，一点儿也不颤颤巍巍。温珀街是整个伦敦最庄严肃穆，也是最缺乏人情味的一条街。其实，每当世界看似摇摇欲坠、文明在基石上轻轻晃动时，人们只需要去温珀街；去那条街上踱步；去观察那些房屋；去思考它们的整齐划一；去惊叹窗帘的协调一致；去欣赏铜门环的端正匀称；去留意厨娘收下屠夫送上的烤肉；去思考居民的收入并推断他们随之而来的对人神法则的屈从——人们只需要去温珀街，深深地吸入权威所吐纳的一派祥和，以便怀着感恩之情发出一声长叹：柯林斯陷落，墨西拿坍塌，冠冕被风吹落，老帝国灰飞烟灭，但温珀街却岿然不动。从温珀街转到牛津街,一句祈祷词从心中升起,于双唇间迸发:愿温珀街上永远、永远没有任何一块砖石被重砌,没有任何一片窗帘被洗涤,屠夫总能送上牛羊的脊肉、腰腿、胸肉和肋排,厨娘也总能收下它们,因为只要温珀街屹立不倒,文明便固若金汤。

温珀街的男管家们至今依然慢条斯理;而在1842年的夏天,他们更是变本加厉。当时对工作制服有着比今日更严苛的要求。清洁银器要穿绿色呢围裙,在门厅开门要配条纹大衣和黑色燕尾服,这些规定必须严格遵守。那天米特福德小姐和弗勒希在大门台阶上等了大约足足有三分钟。直到最后,50号大门终于朝他们敞开;米特福德小姐和弗勒希被领进门内。米特福德小姐是这里的常客;她眼瞧着巴雷特家族的公寓,虽然仍有些东西会给她带来威慑,但已经没有什么会令她感到惊叹。可弗勒希绝对是大受震撼。在此之前,他从未涉足三英里十字村农舍以外的任何地方。农舍里的地板是光秃秃的,地毯是破的;椅子是便宜货。而在这里,没有什么是光秃秃的,没有什么是破的,也没有什么是便宜货——这些弗勒希一眼就能看出来。巴雷特先生，房屋的主人，是一位有钱的商人。他有一大家子的成年儿女，还有一大群人数与家族规模相称的仆人。他把房屋装潢成三十年代晚期风格，带着一点点——毫无疑问——那种东方神话色彩，当年他在什罗郡造房子时，神话指引他用摩尔式建筑的穹顶和新月结构进行装饰。在这里，在温珀街，不允许这样的铺张奢华；但我们仍然可以知道，这座高大幽暗的屋子里满是软榻和雕花红木家具；桌子是盘绕弯曲的；上面摆放着金银丝饰品；匕首和剑悬挂在深酒红色的墙壁上；他在东印度拥有房地产，从那里带回来的奇珍异宝伫立在壁龛，地板上覆盖着华贵厚重的地毯。

不过，由于弗勒希小步快跑在米特福德小姐身后，而米特福德小姐又跟在屠夫身后，导致弗勒希所闻到的气味远比他所看见的景象更令他震惊。楼梯井上方传来温热的大块烤肉、涂抹在家禽身上的油脂以及煲汤的香味——对于曾经习惯了科伦哈普克以寒酸的油炸物和炒洋葱土豆肉丁为主的粗茶淡饭的鼻孔而言，这香味闻起来简直跟亲口品尝一样令人销魂。还有其他食物的气味混合其间——雪松、檀木和红木的气味；男人和女人的体香；男仆和女仆的气味；外套和裤子的气味；裙衬和斗篷的气味；挂毯的气味、长绒帘的气味；煤灰和雾的气味；红酒和雪茄的气味。他每经过一个房间——餐厅、会客厅、藏书室、卧室——就会有独特的气味飘来，汇合成一锅乱炖；他先踏出第一步，随后又一步，每一步都被温柔地深陷其中的华丽绒毯的触感所轻抚和挽留。最终，他们来到房屋背面一扇关着的门前。把门轻轻地拍了拍；门被轻轻地打开。

巴雷特小姐的卧室——姑且称之为卧室吧——根据种种记载看来，肯定是幽闭昏暗的。室内常年被绿色锦缎窗帘遮住光线，到了夏天，生长在窗台上的常春藤、红花菜豆、旋花和旱金莲会使得房间里的光线更加暗淡。最初，弗勒希在这略带浅绿色的昏暗中无法分辨出任何东西，只有五个白色球体在半空中散发着神秘的光芒。不过，这次又是房间里的气味征服了他。就好像一位步步深入陵墓的学者，发现自己正身处一间地下室，周围裹着一层毒蘑菇，被霉菌弄得黏糊糊，散发出古老的酸腐味。与此同时，他手里提着小吊灯，时而放低高度，时而调转方向，瞥一眼这里，或那里，模模糊糊地看见被遗忘了一半的大理石胸像在半空中发光——弗勒希生平第一次站在温珀街上一间病人的卧室里闻到古龙水的气味时所历经的如潮水般淹没神经的情感混乱，只有上述那位在被毁灭的城市里涉足地下墓穴的探险者才能与它相提并论。

弗勒希慢慢吞吞、笨手笨脚地嗅了又嗅，刨了又刨，才在一定程度上分辨出了几件家具的轮廓。窗边那个巨大的物件也许是个衣橱。它旁边站着的，有可能，是个抽屉柜。房间中央浮出一个像是桌子的东西，周围绕了个环；还有一些说不清形状的扶手椅和桌子。但一切都经过了伪装。衣橱顶部伫立着三座白色胸像；抽屉柜上安装着书架；深红色的精纺羊毛铺在书架上方；洗脸台上有一排架子；洗脸台上的架子上还伫立着另外两座胸像。房间里没有一样东西显露出真实面貌；每一样都看起来像别的什么。就连窗帘也不是普通的平纹细布帘；而是一种印花织物[1]，上面画着城堡、门前车道和小树林，还有几个散步的农民。镜子更是将这些已然扭曲失真的物件进一步扭曲，以至于诗人胸像看上去似乎有十座，而非五座；桌子有四张,而非两张。突然间,又发生了另一幕更可怕的混乱景象。弗勒希看见墙上的洞里有另一只狗,正目光炯炯有神地瞪着他,还懒洋洋地伸着舌头!他惊呆了。他满怀敬畏地前进。

就这样,一会儿前进,一会儿撤退。除了远处传来的阵阵松涛,弗勒希还依稀听见人们的喃喃细语和念叨。他继续探索,谨慎而又胆怯,像一位探险者在森林里轻轻向前移动着一只脚,无法确定那个黑影是不是狮子、那条树根是不是眼镜蛇。最终,他意识到有一些巨型物件正在他头顶上方骚动;过去一小时里的经历令他心烦意乱,于是他自觉躲了起来,颤颤巍巍地躲到屏风后面。说话声消失了。门被关上。一时间,他感到茫然无措、心烦意乱。接着,记忆如同拥有利爪的猛虎般扑向他。他意识到自己落单了——被遗弃了。他冲到门口。门关着。他抓啊,听啊。耳朵里传来远去的脚步声。他知道那是他熟悉的女主人的脚步声。脚步声停了下来。可是,不——又再次响起,去往楼下。米特福德小姐动作缓慢,怀着沉重的心情,无奈地走下楼梯。他听着她的脚步声渐渐淡去,与此同时，惊恐攫住了他。在米特福德小姐走下楼梯的过程中，一扇接一扇的门在他眼前关闭；关闭了自由；关闭了田野；关闭了野兔；关闭了草地；关闭了他心爱的、他崇敬的米特福德小姐——关闭了这位亲爱的老妇人，她为他洗澡，揍他，拿自己盘子里的食物喂他，即便她本身也没有多少可吃的东西——关闭了他所了解的一切幸福、爱和人类的善良！天啊！大门砰的一声关上。只剩下他自己。她抛弃了他。

接着，一阵绝望和痛苦压倒了他，命运的无可挽回和残酷无情给了他沉重的一击，它抬起头，发出一阵凄厉的狂吠。有个声音在呼唤他："弗勒希。"他没听见。"弗勒希。"那个声音又呼唤了一遍。他吓了一跳。他本以为只剩下他自己了。他转过头。房间里除了他，还有别的生物吗？是在沙发上吗？他产生了一个疯狂的念想，这个生物，不管是什么，或许可以帮他把门打开，他或许还能因此追上米特福德小姐，找到她——他们正在玩捉迷藏，就像他们过去在家里的温室经常会玩的那种——弗勒希冲向沙发。

"哦，弗勒希！"巴雷特小姐说。这是她第一次看着他的脸。这是弗勒希第一次看见这位躺在沙发上的女士。

双方都很惊讶。巴雷特小姐的脸颊两边垂着厚重的发卷；浅色的大眼睛散发出光芒；她张大嘴巴微笑着。弗勒希的脸颊两边垂着大大的耳朵；他的眼睛也一样，又大又浅；嘴巴宽阔。他们之间有些相似。当他们彼此凝望时，各自感觉：这多像我啊——接着，又各自感觉：但又如此不同！她有一张病人所特有的苍白疲惫的脸，与空气、阳光和自由隔绝。而他有一张幼年动物所特有的温暖红润的脸，天生具备健康与活力。拆分成好几块，却出自同一个模子，他俩有没有可能相互弥补对方身上缺失的部分？她或许可以做到——尽善尽美；而他——却不行。他俩之间横亘着世界上最宽的峡谷，可以将一种生物与另一种生物隔开。她会说话。他不会。她是女人；他是狗。如此近在眼前，又如此远在天边，他们彼此凝望。接着，一跃之下，弗勒希跳上沙发，趴在他此后将永远趴着的地方——巴雷特小姐双脚之间的小毯子上。

第二章　背面的卧室

1842年的夏天,据历史学家称,并没有太多特别之处,但对弗勒希而言,却是如此不同寻常,他肯定怀疑世界已经发生了翻天覆地的变化。那是一个在卧室里度过的夏天;一个与巴雷特小姐共度的夏天。那是一个在伦敦度过的夏天,位于人类文明的中心。起初,只是看见卧室和家具,就已经令他惊讶不已。去识别和分辨他所看见的各式各样的物件,并准确叫出它们的名字,会更令他摸不着头脑。在他刚刚勉强适应了桌子、胸像、洗手台——古龙水的气味依然刺激着他的鼻孔——之后,就迎来了一个罕见的日子。这一天,风和日丽,温暖宜人,干燥却没有尘土飞扬,适宜病人外出。这一天,巴雷特小姐可以安全地展开一段大冒险之旅,与她的妹妹一起去购物。

马车已经备下;巴雷特小姐从沙发上起身;她戴着面纱,衣服裹得严严实实,走下楼梯。弗勒希当然跟她一起去。他从她身边跳进马车，蹲伏在她的大腿上，整个伦敦的排场以其最雄伟气派的架势在他充满惊讶的双眼中迸发。他们沿着牛津街行驶。他看见房子几乎全部由玻璃建成。他看见窗户上交叉系着闪亮的彩带；堆积着层层叠叠明亮闪耀的粉色、紫色、黄色、玫红色。马车停下。他走进神秘的拱廊，周围是淡淡地描绘着云朵和层层印染的薄纱。百万种来自中国、来自阿拉伯的烟云，将阵阵幽香飘送进他最深层的神经纤维。柜台上一下子便可铺开几码长光亮的丝绸；而沉重的细斜纹呢绒卷起来则要更深沉、更缓慢。剪刀咔嚓剪开；硬币哐哐作响。折好纸包，系上丝带。下垂的羽毛、飘扬的彩带、猛冲的马匹、黄色的制服、过路人的脸不停地闪现，忽上忽下地轻快移动着，弗勒希对这丰富多彩的感官刺激感到腻烦，他睡着了，打盹，做梦，失去知觉，直到被移出马车，温珀街上的大门再次在他身后关上。

第二天，依旧是好天气，于是巴雷特小姐展开了一次甚至更大胆的探索——她坐轮椅上温珀街。弗勒希又跟她一起去。生平第一次，他听见自己的脚指甲敲打在伦敦坚硬的石板路上发出咔嗒咔嗒的声音。生平第一次,一整条伦敦街道的气味在炎热的夏日里刺激他的鼻孔。他嗅着排水沟里令人心醉神迷的气味;生锈的铁扶手上的苦涩气味;来自地下室烟熏火燎、令人晕眩的气味——这些气味比他在雷丁周围的田野里闻到的更复杂、更腐败,包含更剧烈的反差与糅合;这些气味远超出人类的嗅觉范围;以至于虽然轮椅在继续前行,他却怔怔地停了下来;判别,细品,直到脖子被猛地拽了一把。此外,当他在温珀街上追着巴雷特小姐的轮椅小步快跑时,身边经过的人类躯体也令他大感困惑。短大衣蹭着他的脑袋;裤腿扫过他的身侧;有时候,一只车轮在他鼻子前一英寸的地方嗖地划过;货车经过时,一阵毁灭性的风在他耳边呼啸,吹起他爪子上的绒毛。他惊恐万分,突然向前冲。幸好链条拴住了他的脖子;巴雷特小姐紧紧地抓住他,要不然他会冲进毁灭。

最后,在每根神经的抽动、每种感官的吟唱下,他来到摄政公园。恍若时隔多年,他再次看到青草、花朵和树木,田野里古老的狩猎号角在他耳边召唤,他向前冲,想

第二章 背面的卧室

要奔跑,就像他在老家的田野上那样奔跑。然而此刻喉咙上却感到一记重重的拉力;他被拉回来摔了一屁股。不是有青草和树木吗?他问。它们不是自由的象征吗?过去,每当米特福德小姐出发散步,他总是直接跳出去,不是吗?为什么他在这里变成了囚犯?他停下来。这里盛开的花朵,据他观察,远比老家更繁茂;它们一株接一株,僵硬地伫立在狭窄的畦地里。一块块畦地由坚硬的黑色小径分割而成。头戴具有光泽感的高顶礼帽的男人们不祥地在小径上走来走去。一看见他们,他就缩起身子,靠近轮椅。他很乐意接受链条的保护。因此,在散完步前,他的脑袋里产生了新的概念。通过把一样东西配上另一样东西,他得出结论。有花床的地方,就有柏油路;有花床和柏油路的地方,就有头戴具有光泽感的高顶礼帽的男人;有花床、柏油路和头戴具有光泽感的高顶礼帽的男人的地方,狗就必须拴上链条。在无法破译大门告示牌上任何只字片语的前提下,他依然领悟到这一点——在摄政公园,狗必须拴上链条。

除了这一门核心知识,1842年夏天的奇异经历又很快生出了另一门知识：狗各有异，生来不平等。过去在三英里十字村，弗勒希与酒吧的狗、乡绅的灵缇平起平坐；他全然不知自己与补锅匠的狗之间有何区别。的确很有可能，他孩子的母亲虽然被礼貌地称作西班牙猎犬，但实际上只是一只杂种狗，耳朵像是一种狗的模样，而尾巴则像是另一种。但是伦敦的狗，弗勒希很快发现，被严格地划分成不同等级。一些拴着链条；一些到处乱跑。一些坐马车兜风，从紫色罐子里饮水；另一些毛发蓬乱，没有项圈，在排水沟里谋生。这些狗——弗勒希由此猜想——是有所不同的；有的高级，有的低级；而他断断续续地听到的温珀街上狗之间的交谈，证实了他的猜想。"看见那只王八蛋了吗？十足的杂种狗！……天啊，那可是一只上等的西班牙猎犬。英国最好的血统之一！……可惜他的耳朵没能再卷一点……看呀，他头顶还给你长了个鼓包呢！"

夏天尚未结束，弗勒希就已经从他们的这些话中，从他们在邮筒边或脚夫们交换赛马小道消息的酒馆外说出这些话时所使用的赞美或嘲讽的语气中明白了，狗不是平等的：有的高级，有的低级。那么，他属于哪种呢？弗勒希一到家，就在镜子里仔细地审视自己。感谢上帝，他是一只出身高贵的血统狗！他脑袋轮廓流畅；眼睛饱满，但没有外突；腿上覆盖着绒毛；可以与温珀街上最佳血统的可卡犬相媲美。他注意到自己被批准从紫色罐子里饮水——这就是阶级特权；他轻轻低下头，让链条牢牢地套在他的脖子上——这就是他要付出的代价。每当此时，当巴雷特小姐注意到他盯着镜子时，便会产生误解。他是个哲学家，她心想，正在沉思表象与现实之间的差异。可实际上相反，他不过是个沾沾自喜的贵族。

宜人的夏日时光很快过去；秋风平地起；巴雷特小姐开启了一段完全在卧室里度过的隐居生活。弗勒希的生活也发生了变化。对他的教育在户外的基础上又补充了室内的部分，而这部分教育，对于像弗勒希这般性情的狗而言，是所能施与的最极端的那种。他仅有的外出放风是在威尔逊——巴雷特小姐的女仆——的陪伴下进行的，短暂而又敷衍。一天中剩下的时间里，他一直固守在沙发上巴雷特小姐的脚边。他的所有天性都受到压抑和批驳。而去年这个时候，当波克夏的秋风吹起时，他在作物收割后残留的茬子地里纵情欢跳。如今，一听见常春藤叶拍打窗玻璃，巴雷特小姐就会吩咐威尔逊去确认有没有关紧窗户。窗台上的红花菜豆和旱金莲的叶子枯黄掉落，她拉了拉她的印度披肩，更紧地裹住身体。十月的雨拍打窗户，威尔逊点燃炉火，堆起煤炭。秋天越来越深，变成冬天，初雾如同黄疸病般弥漫在空气里。威尔逊和弗勒希勉强摸索着找到邮筒和药铺。当他们回来时，房间里什么都看不见，除了苍白的胸像在衣橱顶上散发着微光；农民和城堡消失在窗帘上；素净的黄色填满窗户。弗勒希感觉自己像和巴雷特小姐同住在一个燃烧着炉火的安逸的洞穴里。窗外的交通始终嘈杂，带着沉闷的回响；大街上，不时听到有人用沙哑的嗓音在喊："旧椅子篮子，有要修的吗？"有时候传来一阵弹奏管风琴的声音，越来越近，越来越响；然后又越来越远，直至消失。然而，所有这些声音，没有一个意味着自由或行动或户外运动。无论刮风，还是下雨，无论秋天的狂野天气，还是隆冬的寒冷日子，对弗勒希而言，都同样没有丝毫意义，他能感受到的只有温暖宁静；点灯，拉窗帘，拨弄火炉。

起初，这种牵制剧烈得不堪忍受。在一个起风的秋日里，想必灰山鹑正在茬子地里四处飞散之时，他忍不住绕着房间跳起舞来。他以为自己听见了微风中的枪声。有只狗在外面狂吠，他忍不住竖起颈背部的毛，跑去门口。然而，当巴雷特小姐呼唤他回来，把手放在他的脖子上时；他无法否认自己被另一种急迫、矛盾、难受的感觉——他不知道该如何形容，也不知道为什么要服从——控制住了。他一动不动地趴在她的脚边。放弃、控制、镇压他最狂暴的天性——这是这间卧室学校提供给他的基础课程，学习起来难度极大，学者们就算学习希腊语，也没有这么费劲——将军们就算打赢战役，付出的痛苦代价也不及一半。但在那时，巴雷特小姐是老师。在他们之间，随着日子一周接一周地过去，弗勒希越来越强烈地感受到一种羁绊，一种不舒服却令他激动的亲密关系；以至于如果他的快乐对她是痛苦，那么他的快乐也就不再是快乐，会变成全方位的痛苦。这一点每天都能得到证实。有人打开门，吹口哨让他过去。他为什么不该过去？他渴望空气和户外运动；他的四肢蜷缩在沙发上都发麻了。他始终无法适应古龙水的气味。但是，不——尽管门打开着，他也不会离开巴雷特小姐。他在奔向门口的半路上犹豫了，然后又跑回沙发。"小弗勒希，"巴雷特小姐写道，"是我的朋友——我的伙伴——他爱我甚于爱阳光。"她不能外出。她被拴在沙发上。她所拥有的人生故事，她写道，"堪比笼中鸟"。但对弗勒希而言，世界是敞开的，可他宁愿选择放弃温珀街上所有气味，为了能趴在她的身边。

然而，有时候，这种羁绊也会几乎破裂；他们之间横亘着巨大的理解上的鸿沟。有时候，他们躺着凝视彼此，内心满是困惑。为什么，巴雷特小姐想知道，弗勒希会突然颤抖、呜咽、惊跳、细听？她什么都没听见；她什么都没看见；房间里除了他俩没有别人。她猜不到那是弗利——她妹妹的小查理王猎犬——刚经过门口；或是卡特里纳，一只寻血猎犬，刚在地下室里从脚夫那儿得到一块羊骨头。但是弗勒希知道；他听见了；欲望和贪婪所引发的愤怒轮流折磨着他。此外，巴雷特小姐即便用尽她作为诗人全部的想象力，也无法理解威尔逊湿漉漉的雨伞对弗勒希而言意味着什么；让他回忆起什么，关于森林、鹦鹉、嘶吼的野象；她也不知道，当凯尼恩先生被拉铃的绳索绊倒时，弗勒希仿佛听见那些深色肌肤的人在山间咒骂；"Span！Span！"的叫喊声响彻耳边，于是在某种继承自祖辈、说不清道不明的愤怒之下，他咬了他一口。

对于巴雷特小姐的喜怒哀乐，弗勒希也同样感到茫然无措。她会一连躺上好几个小时，一只手拿一根小黑棍，在一页白纸上来来回回；她还会突然热泪盈眶；但这是为什么呢？"啊，我亲爱的霍恩先生，"她写道，"我的身体很差……还被迫流放到托尔坎……为我的人生带来永远的噩梦，我被剥夺的一切在这里写也写不完；别在任何地方提起。别提起，亲爱的霍恩先生。"可是房间里静悄悄的，也没有什么气味能让巴雷特小姐哭。有一次，巴雷特小姐又在搅动她的小棍，一边还爆发出笑声。她刚画了"一幅能非常巧妙地展现弗勒希个性的肖像画，好笑的是，画得酷肖我自己"。接着，她在下方写道："要不是因为他比我本人更具价值，都可以完美替代我了。"她递来一团黑乎乎的污迹，给弗勒希看。可这有什么好笑的？他什么也没闻到，什么也没听到。房间里除了他俩没有别人。他俩无法用语言交流,这个现实问题确实引发了许多误解。但同时也带来了一份特殊的亲密,不是吗?"写作,"巴雷特小姐在一次艰苦的晨间劳作后大喊,"写作,写作……"她或许曾经怀疑,语言能表达一切吗?语言能表达什么呢?语言摧毁了超出它范围的符号象征,不是吗?至少有一次,巴雷特小姐发觉是这样的。她躺着思考;她完全忘记了弗勒希的存在。她的思绪如此哀伤,泪水落到了枕垫上。突然间,一个毛茸茸的脑袋顶着她;一双明亮的大眼睛照耀在她的眼里;她大惊失色。这是弗勒希还是潘神?难道她已经不再是一位温珀街上的病人,而变成了希腊女神,住在位于阿卡狄亚的幽暗森林里?这位长着胡子的上帝有没有亲吻她的嘴唇?这一刻,她幻化了;她是女神,弗勒希是潘神。太阳在炙烤,爱在熊熊燃烧。如果弗勒希能够开口说话——他会不会一本正经地谈论爱尔兰的土豆病害?

与此同时,弗勒希也在经历奇异的心潮澎湃。当他看到巴雷特小姐纤细的双手从镶着圆环的桌子上灵巧地拾起某个银盒或珍珠首饰时,他毛茸茸的爪子仿佛一阵紧缩,他渴望自己的爪子也能分出十根独立的手指。当他听见她用低低的声音，清晰地念出各种音节时，他渴望终有一天，自己粗糙的喉咙也能像她一样发声，以小而简洁的声音，表达神秘丰富的含义。当他看到同样是那些手指，还能不停地拿着小直棍在白色的页面上划来划去时，他渴望自己跟她一样也能把纸涂黑的日子早点到来。

弗勒希后来有没有能够跟她一样写字？——这是个可笑而又多余的问题，因为事实摆在眼前，让我们不得不承认，在1842年至1843年期间，巴雷特小姐不是女神，而只是一位病人；弗勒希也不是诗人，而只是一只红色可卡犬；温珀街不是阿卡狄亚，而只是温珀街。

漫长岁月在这间背面的卧室里流逝，没有留下任何印记，除了楼梯上的脚步声、远远传来的关大门声、扫把在地面上的拍打声，以及邮差的敲门声。房间里，煤炭劈啪作响；光与影在五座苍白的胸像的额头、书架及其上方的红色精纺羊毛毯上移动。有时候，来自楼梯的脚步没有经过房门，而是在门外驻足。眼看着有人在旋转门把手；房门真的被打开了；有人进来。这时候，多么奇怪啊，家具变了一番模样！多么不同寻常的声音与气味，它们形成漩涡，即刻开始转动！摩擦桌腿，碰撞衣橱的尖角！来的可能是威尔逊，她端着一托盘的食物，或者一杯药；也可能是巴雷特小姐的两个妹妹——阿拉贝尔和亨丽埃塔——中的一个；也可能是巴雷特小姐的七个弟弟——查尔斯、萨缪尔、乔治、亨利、阿尔弗雷德、塞普迪莫斯或者屋大维——中的一个。不过，每周有一到两次，弗勒希注意到，会有更重要的事情发生。床会被细心地改造成沙发，扶手椅被拉到旁边；巴雷特小姐得体地裹上印度披肩；卫生间用品被仔细地藏进乔叟与荷马的胸像下方；还会有人给弗勒希梳毛刷洗。到了下午大约两三点，门口传来一阵不同寻常的敲门声。巴雷特小姐一阵脸红，微笑着伸出手。接着进来的——可能是亲爱的米特福德小姐，她带着一把天竺葵，满面红光，光彩照人，叽叽喳喳说个不停。可能是凯尼恩先生，他是一位身材敦实、衣着得体的年迈绅士，散发着和蔼可亲的气质，随身带着一本书。也可能是詹姆逊夫人，她的外表看起来与凯尼恩先生截然相反——这位女士长得"非常苍白平淡——清澈透明的浅色

第二章　背面的卧室　　35

眼睛；没有血色的薄唇……扁平的侧脸"。每个人都有着他或她自己的仪态、气味、语气和口音。米特福德小姐嘟嘟囔囔、叽叽喳喳，浮夸而又真实；凯尼恩先生有文化有教养，但因为缺了两颗门牙，说起话来有点含糊不清[2]；詹姆逊夫人一颗牙也没缺，动作和语言一样清晰灵敏。

弗勒希趴在沙发上巴雷特小姐的脚边，任由这些说话声一个小时又一个小时地在他上方泛起涟漪。他们一直不停地说啊说。巴雷特小姐大笑、劝慰、叫嚷，也会叹气，然后又是大笑。最后，令弗勒希感到极大安慰的是，会出现一阵短暂的沉默——甚至会出现在与米特福德小姐滔滔不绝的谈话中。会不会已经七点了？她已经从中午待到现在！她真不得不去赶火车了。凯尼恩先生合上书页——他刚刚一直在大声朗读——背朝火炉站着；詹姆逊夫人敏捷地把手套上的每根手指硬生生地按下去。他们一个拍拍弗勒希，另一个扯扯他的耳朵。例行的告辞仪式越拖越久，不堪忍受；最后，詹姆逊夫人、凯尼恩先生，甚至连米特福德小姐也终于站起身道别，他们一会儿想起点什么，一会儿落下点什么，一会儿又找到点什么，来到门边，打开门,最终——感谢上帝——离开了房间。

巴雷特小姐面无血色,筋疲力尽,深深地靠在她的枕垫里。弗勒希悄悄爬到她身边。谢天谢地,他俩又能独处了。然而,由于来访者待了太久,已经临近晚餐时间。开始从地下室里传出香味。威尔逊站在门口,拿着托盘,上面摆放着巴雷特小姐的晚餐。在她身边的桌子上放下晚餐,揭开餐罩。但由于梳妆和聊天,由于房间里的暖气和告别所引发的不安,巴雷特小姐累得什么也吃不下。她望着被送来当晚餐的松软丰满的羊排、灰山鹑或鸡的翅膀,轻轻地叹了一口气。只要威尔逊还在房间里,她就假装摆弄两下刀叉。等到门一关上,只剩下他俩,她就会唉声叹气。她举起叉子,上面叉着一整只鸡翅。弗勒希跑上前来。巴雷特小姐点头默许。弗勒希取走了鸡翅,小心翼翼,身手敏捷,没有落下一点碎屑;他把鸡翅整个吞下肚子,没有留下一点痕迹。半块浇了厚奶油的大米布丁也以同样的方式被解决了。没有什么比弗勒希的配合更干净、更有效。他跟平常一样蹲伏在巴雷特小姐的脚边,看起来像是在睡觉,而巴雷特小姐躺着休息,恢复力气,看起来像是刚刚饱餐了一顿。这时,楼梯上又有一阵比其他任何人都更沉重、更谨慎、更坚实的脚步声停了下来;响起一阵庄严的敲门声,不像是在请求允许,而像是在命令;门打开了,进来的是一位阴森森的、令人望而生畏到极点的老年男人——巴雷特先生本尊。他即刻寻找托盘。有没有把饭吃完?有没有遵守他的命令?是的,餐盘空了。他对女儿的顺从表示赞许,并在她身边的椅子上沉沉地坐下。当他黑暗的躯体靠近时,弗勒希的整条脊椎都因为恐怖与惧怕而战栗。就好像潜伏在花丛中的野人,在雷电轰鸣时,因听见上帝的声音而颤抖。接着,威尔逊吹起口哨;弗勒希内心充满罪恶感,鬼鬼祟祟地跑了过去,仿佛巴雷特先生能看穿他的心思,那些邪恶的心思。他偷偷溜出房间,冲往楼下。一股他惧怕的力量进了房间;一股他无力反抗的力量。有一次,他出其不意地破门而入。巴雷特先生正跪在地上,与他身边的女儿一同祈祷。

第三章　风帽男

　　这种教育——在温珀街背面的卧室里——对一只普通的狗而言，本应算是教训。但弗勒希不是普通的狗。他活泼好动，也热爱思考；他一看就是只小狗，却对人类的喜怒哀乐极度敏感。卧室里的氛围更是给他上了不同寻常的一课。即便他的感受力进一步发展，损害了他的雄性特质，我们也不忍心责怪他。自然而然地，他头枕着希腊词典，变得既不爱叫，也不爱咬；相比狗的强壮，他变得更偏爱猫的安静；但二者都不及他对人类情感的喜爱。巴雷特小姐也一样，竭尽全力，更进一步地改善和培养他的能力。有一次，她从窗边搬来一架竖琴，一面把竖琴放在他身边，一面问他，这架能够演奏音乐的竖琴在他看来有没有生命？他看着、听着；似乎还困惑地思考了一会儿，然后认定它没有生命。接着，她让他和自己一起站在镜子前，问他为什么狂吠和颤抖。镜子里那只小棕狗难道不是他自己？但什么是"自己"？是一种能看见的东西吗？或者即为本身？于是，弗勒希又思考了这个问题。无法解决现实问题的弗勒希，紧贴着巴雷特小姐，"意味深长地"亲吻了她。不管怎样，这是真真切切的东西。

在这类问题的鼓舞之下——这类情感困境煽动着他的神经——他往楼下跑去。这也难怪，他的举止中有某种东西——一点傲慢，一点优越感——惹恼了卡特里纳，那只凶残的古巴寻血猎犬。卡特里纳压住他、咬他，他嚎叫着上楼去找巴雷特小姐寻求安慰。弗勒希"没有英雄气概"，她总结道；但是，他为什么没有英雄气概？难道在一定程度上不该归咎于她？但她始终没有意识到，正是为了她，弗勒希才牺牲了勇气。同样地，正是为了她，弗勒希才舍弃了太阳和空气。毫无疑问，这种紧绷的感受力有其弊端——当弗勒希扑向凯尼恩先生，为他被拉铃索绊倒而咬了他一口时，她深感愧疚。弗勒希会因为不准在主人床上睡觉，而可怜巴巴地呜咽一整晚；他有时甚至不肯吃饭，除非她喂他。每当遇到这种情况，总让人心烦意乱。可她不会怪他，她忍受所有不便，因为，毕竟，弗勒希爱她。他为了她，拒绝了空气和阳光。"他值得被爱，不是吗？"她问霍恩先生。无论霍恩先生如何回答，她依然坚信自己的答案。她爱弗勒希，弗勒希值得她爱。

看来没有什么能打破这种羁绊——似乎岁月只是让这羁绊更紧凑、更凝固；似乎那些年将会成为他们整个有生之年。从1842年到1843年。从1843年到1844年。从1844年到1845年。弗勒希不再是幼犬；他成了一只四五岁的狗；成了一只年富力强的狗——巴雷特小姐依然躺在温珀街的沙发上，弗勒希也依然趴在她脚边。巴雷特小姐的一生是"笼中鸟"的一生。她有时候一连在家待上好几个星期，等到出门时，却不过一两个小时，不是坐着马车去商店，就是摇着轮椅去摄政公园。巴雷特一家从未离开过伦敦。巴雷特先生、七个弟弟、两个妹妹、管家、威尔逊和女仆们、卡特里纳、弗利、巴雷特小姐和弗勒希，都长年生活在温珀街50号，一年到头，餐厅吃饭，卧室睡觉，书房吸烟，厨房烹饪，提热水壶，倒剩饭剩菜。椅子套慢慢地变脏了；地毯慢慢地磨破了；煤灰、泥巴、油烟、雾，以及雪茄烟和酒肉所散发的气息，在窄缝间，在裂口里，在织物中，在画框上方，在雕塑的刻痕里逐渐累积。垂挂在巴雷特小姐卧室窗外的常春藤生长旺盛，形成绿色帷幔，越堆越厚。夏天里，还有旱金莲和红花菜豆在窗台上恣意狂欢。

1845年1月初的某晚，邮差敲门。信件一如既往落入信箱。威尔逊一如既往下楼来取信。一切都一如既往——每晚邮差敲门，每晚威尔逊来取信，每晚有一封给巴雷特小姐的信。然而今晚，信不再是平时的信，而是另一封。甚至在信封尚未被撕开前，弗勒希就已经发现了。他从巴雷特小姐拿起信、翻转信、看着信封上以苍劲有力、凹凸不平的笔迹写下的她的芳名时的模样，明白了这一点。他从她的手指难以名状的颤栗，从手指撕开信封口时的鲁莽，从她念信时的专心，明白了这一点。他望着她念信。她念，他听。如同我们在睡眼惺忪时，透过街道的喧嚣声听见铃声响起，知道这铃声冲我们而来，充满警醒的意味，但又隐隐约约，就好像有人在远处要为火灾、入室抢劫或其他安全威胁拉响警报，唤醒我们。于是我们在尚未完全清醒之前，警觉地跳起来——于是弗勒希，在巴雷特小姐念那张涂满墨迹的小纸片时，听见铃声将他从梦中唤醒，提醒他存在某种危险，正在威胁他的安全，命令他别再睡了。巴雷特小姐先把信飞快地念了一遍；然后又慢慢地念了一遍；她把信小心翼翼地塞回信封。她也不再睡了。

几晚过后，威尔逊的托盘上又出现了同样的一封信。跟上次一样，巴雷特小姐先把信飞快地念了一遍，然后又慢慢地念了一遍，反复地念了一遍又一遍。然后这封信被小心翼翼地放下，没有和抽屉里大量米特福德小姐寄来的信混在一起，而是单独放在一边。如今，弗勒希为长年累月趴在沙发上巴雷特小姐脚边所积聚的感受力付出了完整的代价。他能够读出其他人都无法发现的迹象。他能够凭借巴雷特小姐指尖的触感，判断出她仅有一种渴望，那就是邮差的敲门声和托盘里的信。她正在一如既往地轻轻拍打他；突然——一阵脚步声响起——她一把抓住他；在威尔逊上楼的途中，他始终被紧紧钳着。直到她接过信，他才被释放和遗忘。

然而，他争辩道，只要巴雷特小姐的生活没有变化，

第三章 风帽男

那有什么好害怕的？没有变化。没有新的来访者。凯尼恩先生一如既往地来访；米特福德小姐一如既往地来访；弟弟妹妹们也来访；到了晚上，巴雷特先生来访。他们什么也没有注意到；他们什么也没有怀疑。所以，他让自己镇静，并试着相信，等到过上几个没有信的夜晚，敌人就会不复存在。一个身着斗篷的男人，他想象着，一个蒙头戴着风帽的人物形象，鬼鬼祟祟地经过此地，砰砰敲门，发现门被严防死守，便灰溜溜地落败而逃。危险，弗勒希努力让自己相信，已经过去。男人已经走了。然而接着，信又来了。

由于信来得越来越频繁，一晚接着一晚，弗勒希开始注意到巴雷特小姐自身发生变化的迹象。弗勒希有生以来第一次感觉到她焦躁不安。她无法阅读，也无法写作。她站在窗口，望向窗外。她焦急地讯问威尔逊天气如何——还在刮东风吗？公园里有没有任何春天的迹象？哦，还没有，威尔逊答道；依然在刮寒冷的东风。而巴雷特小姐，弗勒希感觉到，她心里既宽慰又不安。她咳嗽。她抱怨病恹恹的感觉——但没有以往东风刮起时那么病恹恹。她独处时，一遍遍地念昨晚来的信。这是她迄今为止收到过的最长的一封信。一连好几页，写得密密麻麻，涂满墨迹，到处散落着陌生、小巧、支离破碎的象形符号。这些都是弗勒希在她脚边驻足时能看到的，但他听不懂巴雷特小姐的喃喃自语。只有当她大声地（尽管磕磕绊绊地）念出信纸末尾的那句"你觉得我应该在两三个月后来见你吗"时，他才察觉她的激动之情。

她拿起钢笔，在一页又一页信纸上奋笔疾书。但巴雷特小姐写的那些小小的单词，究竟是什么意思呢？"四月将至。还会迎来五月和六月，倘若我们能活着亲眼见证，也许，毕竟，我们可以……等到春暖花开使我恢复些精力，我确实想见你……不过，初见你会让我害怕——尽管我在写信时不会。你是帕拉切尔苏斯，而我是隐居士，我的神经已经在架子上绷断，如今正松松垮垮地垂吊着，每走一步路、每吸一口气都能让它颤抖不已。"

弗勒希无法读懂她在他头顶上方一两寸所写的内容。但是他知道——就跟他能完全读懂文字没什么两样——他的女主人在写信时的激动不安是如何不可思议；那些左右矛盾的欲望又是如何令她颤栗——四月快来；四月别来；好想立即见到那个陌生男人；最好永远不要见到他。弗勒希也一样，为她每走一步路、每吸一口气而颤抖。岁月无情流逝。风吹帘动。阳光照得胸像更苍白。小鸟在马厩里歌唱。人们在温珀街上叫卖鲜花。所有这些声音意味着，他知道，四月来了，接着便是五月和六月——没有什么可以阻挡讨厌的春天的来临。因为某种东西将与春天共同降临？某种惊骇——某种恐怖——某种巴雷特小姐害怕，而弗勒希也害怕的东西。如今，一听到脚步声，就会让他受惊。但那只是亨丽埃塔。接着又传来敲门声。那只是凯尼恩先生。四月过去了；五月的头二十天也过去了；接着到了五月二十一日，弗勒希知道，这一天来了。因为星期二，五月二十一日这天，巴雷特小姐仔仔细细地照镜子；精心地给自己裹上印度披肩；吩咐威尔逊把扶手椅拉近些，但也别太近；摸摸这个、那个，和其他各种东西；然后端坐在枕垫间。弗勒希神色紧张，蹲伏在她脚边。他俩相依为命地等待着。最后，马里波恩教堂的大钟先是敲了两下；他俩等待着。接着马里波恩教堂的大钟又单独敲了一下——两点半到了；就在这单独一下的钟声渐渐消退之时，大门口传来一阵听起来相当大胆的敲门声。巴雷特小姐变得脸色苍白；一动不动地躺着。弗勒希也一动不动。楼下传来不可阻挡、令人毛骨悚然的脚步声；楼上，弗勒希知道，前来的正是那个半夜里披着斗篷的凶神恶煞般的人物——风帽男。此刻，他已经把手放在门上。门把手旋转开了。他站在了那里。

"勃朗宁先生来了。"威尔逊禀告道。

弗勒希望着巴雷特小姐，发现色彩涌上她的脸颊；发现她两眼放光，朱唇微启。

"勃朗宁先生！"她喊道。

勃朗宁先生衣冠楚楚，风度翩翩，毫无羞涩之意。他大步流星地穿过房间，手里绞着他的黄手套，眨巴着眼睛。他拉起巴雷特小姐的手，在沙发边的椅子上与她并排而坐。二人当即开始聊天。

对弗勒希而言，他们聊天时最让他痛苦的莫过于孤独。他曾经以为，他和巴雷特小姐一起住在一个燃烧着炉火的洞穴里。然而此刻，洞穴里炉火不再燃烧；变得阴暗潮湿；巴雷特小姐去了洞外。他环视四周。一切都变了。书架、五座胸像——他们不再是主持大局、给予褒奖的友善诸神——变得刁钻刻薄、满怀敌意。他在巴雷特小姐的脚边换了个姿势。她没注意到。他发出哼哼唧唧的声音。他们也没听到。最后，他在提心吊胆与无声的痛苦中，一动不动地趴着。聊天仍在继续；但不像普通聊天那样潺潺流动。而是磕磕绊绊的。忽而骤停，忽而又跳起。弗勒希过去从未在巴雷特小姐的声音里听到过那样的音调——那种活力，那种兴奋。她的脸颊光彩照人，是他过去从未见过的光彩照人；她的眼睛明亮生动，是他过去从未见过的明亮生动。大钟敲响了四点；他们还在聊天。接着又敲响了四点半。听到这声音，勃朗宁先生跳了起来。他的每个动作都显示出他残酷的果决、可怕的大胆。刚刚他还紧紧抓着巴雷特小姐的手；现在却已经拿起帽子和手套；说了声再见。他们听见他跑下楼梯。大门在他身后砰的一声干净利落地关上了。他走了。

然而，巴雷特小姐却没有像凯尼恩先生和米特福德小姐每次离开后那样，回到那堆枕垫里躺下。她依然端坐着;她的眼睛依然在燃烧;脸颊依然在发光;她似乎依然感觉勃朗宁先生和她在一起。弗勒希碰了碰她。她吃惊地想起他。她轻轻地、心满意足地拍了拍他的脑袋。她微笑着,朝他做了一个古怪的表情——好像期盼他能开口说话——好像期盼他也能体会她的感受。但接着,她遗憾地笑了起来;好像这是异想天开——弗勒希,可怜的弗勒希丝毫无法体会她的感受。他丝毫无法了解她的想法。他们之间仿佛远隔悲惨的千山万水。他趴在那儿,没人在意;他感觉自己或许不该待在那儿。巴雷特小姐不再记得他的存在。

那天晚上,她把鸡啃到只剩下骨头。连一点土豆屑或鸡皮都没扔给弗勒希。巴雷特先生一如既往前来探视,他的麻木让弗勒希惊讶不已。他的身体就坐在那个男人坐过的那张椅子上。他的脑袋就靠在那个男人靠过的枕垫上,可他什么也没注意到。"难道你没发现,"弗勒希不可思议道,"谁坐过那张椅子吗?你闻不出来吗?"对弗勒希而言,整个房间里依然充斥着勃朗宁先生留下的浊臭。空气在书架上掠过,缭绕在五座苍白的胸像的脑袋周围,形成漩涡。但这个沉甸甸的男人坐在他女儿身边，完全陶醉于自我。他什么也没注意。什么也没怀疑。弗勒希惊讶于他的麻木，从他身边悄悄溜出了房间。

尽管巴雷特小姐的家人后知后觉到不可思议的地步，但随着一周又一周过去，连他们也开始注意到巴雷特小姐身上的变化。她离开自己的房间，去楼下的会客室里坐着。她还做了一件多年未曾做过的事情——她靠自己的两条腿，和她妹妹一直走到了德文郡大酒店的门口。朋友和家人都对她的进步感到诧异。但只有弗勒希知道她的力量源自何处——源自那位坐在扶手椅上的神秘男士。他来了一次一次又一次。起初每周一次；后来变成每周两次。他总是下午来下午走。巴雷特小姐总是单独见他。他本人没来的日子里，他的信会来。他本人离开后，他的花会留下。在每个独处的清晨，巴雷特小姐写信给他。那个神神秘秘、不苟言笑、毫不羞涩、充满活力的男人，和他的黑头发、红脸颊以及他的黄手套一起，充斥着每个角落。自然，巴雷特小姐有所好转；她确实能走路了。弗勒希自己也感觉不可能一动不动地趴着了。古老的渴望正在复苏；

一股新的焦躁支配着他。连睡眠里都全是梦。他开始做一些离开三英里十字村的往昔岁月之后再也不曾做过的梦——野兔从高高的草丛中跳出来；野鸡招展雉尾，一飞冲天；灰山鹑从茬子地里昂首挺胸地扑腾。他梦见自己在狩猎，追赶一只长着斑点的西班牙猎犬，后者拼命逃跑，逃脱了他的掌控。他梦见自己在西班牙，在威尔士，在伯克郡，在摄政公园管理员的警棍前飞奔。接着，他睁开眼睛。眼前没有野兔，也没有灰山鹑；没有抽响的鞭子，也没有深肤色的男人大喊："Span！Span！"只有扶手椅上的勃朗宁先生正对着沙发上的巴雷特小姐讲话。

每当那个男人在，就不可能睡得着。弗勒希趴在地上，睁大眼睛听着。虽然他听不懂那些从两点半到四点半、时常一周三次在他头顶上方激烈碰撞的言语，但他可以极度精准地探测到言语中音调的变化。最初，巴雷特小姐的声音有些矫揉造作，带着一种不自然的活泼。但现在增添了一点他此前从未听到过的热情与松弛。男人每来一次，就会有某种新声调加入他们的声音——他们一会儿喋喋不休，怪诞不经；一会儿掠过他的头顶，仿佛鸟儿自由翱翔；一会儿又咕咕唧唧，好像两只安居在窝里的鸟；接着，巴雷特小姐的声音再次响起，腾空盘旋；然后是勃朗宁先生的声音，他大声嚷嚷，发出一阵刺耳尖利的大笑。接着，当两种声音交织在一起时，又只剩下一片呢喃，一阵安静的哼鸣。然而，等到夏去秋来，弗勒希又忧心忡忡地察觉到另一种感情色彩。男人的声音中有一种新出现的迫不及待，一种新出现的压力和能量。弗勒希感觉到巴雷特小姐为此受到了惊吓。她的声音颤抖；迟疑；支支吾吾，变得越来越轻，低声下气，急喘吁吁，似乎祈求得到一些休息、一些暂停，似乎感到恐惧。这时，男人沉默了。

他们没怎么注意他。在勃朗宁先生的眼里，他就跟趴在巴雷特小姐脚边的一根木棍差不多。有时候，当他从他身边经过时，他会轻快随意地揉揉它的脑袋，力气十足，但没什么感情。无论这种揉揉意味着什么，弗勒希对勃朗宁先生除了十足的厌恶，没有别的感觉。当初一眼看见他，衣服剪裁如此合身，身材如此匀称，如此健壮，手里还绞着他的黄手套，就已经让他咬牙切齿。哦，真想狠狠地咬一口他裤子里的那玩意儿啊！可是他不敢。总而言之，1845年到1846年的那个冬天，是弗勒希所了解的最抑郁的一段日子。

冬天过去了；春天再度来临。弗勒希看不见这桩纠缠的尽头；然而，就好像一条河流，虽然映照出静止的树木、牧场上的奶牛和飞回树顶的乌鸦，但最终仍不可避免地奔涌成瀑布。因此，弗勒希知道，那些日子正在演变成一场翻天覆地的灾难。变故将至的传言满天飞。有时候，他感到某种大规模的别离正在逼近。房子里有一股难以描述的蠢蠢欲动，随之而来的会是——有没有可能——一场旅行？一个个箱子已经被拂去灰尘，而且，非常不可思议地打开着。接着又被合上。不，并非这家人要搬走。弟弟妹妹们依然一如既往地进进出出。巴雷特先生依然在那个男人走后惯常的时间里前来夜访。那么，究竟是要发生什么呢？随着1846年的夏天慢慢结束，弗勒希确信变化即将来临。他能够在两人无休无止的对话声中听出声音的变化。曾经是低声下气、胆战心惊的巴雷特小姐的声音里，不再包含犹豫不决的声调。而是清晰响亮地展现出弗勒希过去在她的声音里从未听到过的坚毅和勇敢。要是能让巴雷特先生也听一听她欢迎这位掠夺者时的语气、问候他时候的大笑、被他牵起手时的惊叹就好了！但是，和他俩一起待在这房间里的，除了弗勒希，没有别人。对他而言，这变化可恨至极。不仅仅是巴雷特小姐跟勃朗宁先生的关系在发生变化——她跟一切的关系都在发生变化，包括她对弗勒希的感情。她冷漠地对待他的亲近；她讥笑并打断他的狎昵；她让他感觉自己原本对她表达爱慕的方式里有某种狭隘、傻气、做作的成分。他越来越感觉自己渺小。他的嫉妒心在燃烧。终于，在七月来临之际，他决心尝试以暴力夺回她的芳心，或许还能彻底赶走这个新来的。如何实现这种一箭双雕，他不知道，也无法提前计划。但是，在七月八日这天，他突然被感情冲昏了头脑。他猛扑到勃朗宁先生身上，狠狠地咬了他一口。最终，他的牙齿只咬到了勃朗宁先生挺括的裤子面料！而裤子底下的肢体如钢铁般结实——相比之下，凯尼恩先生的腿就跟黄油似的。勃朗宁先生一挥手，把他掸了下来，然后继续讲话。无论他还是巴雷特小姐，似乎都对这场攻击不屑一顾。弗勒希的企图未能得逞,铩羽而归,输了个一败涂地。他带着愤怒和失望,重新埋头在他的垫子里。但他低估了巴雷特小姐的洞察力。勃朗宁先生走后,她把他叫到身边,对他施以他生平最严厉的惩罚。她先扇了一记他的耳朵——这还不算什么;奇怪的是,这一记还相当合他心意;他甚至还希望再来一记。但接下来,她便用严肃确信的口吻说她再也不爱他了。这像一支箭,深深地插进他的内心。他俩住在一起这么多年,分享过一切,可现在,为了一刻的失误,她就再也不爱他了。接着,好像是为了更彻底地抛弃他,她拿起勃朗宁先生带给她的花,把它们放进装着水的花瓶里。这种行为,弗勒希认为,带着一种精心算计的恶意;这种行为,是为了让他感觉自己完全微不足道而设计出来的。"这支玫瑰是他送的。"她好像在说,"还有这支康乃馨。黄配红;红配黄。再把绿叶放在这里——"她将这朵花搭配上那朵,再退后几步,凝视它们,好像在她面前,他——那个戴着黄色手套[3]的男人——是一大捧美丽的鲜花。然而,即便如此,即便在堆放花花草草,她也无法彻底忽略弗勒希凝视她时的专注。她无法否认"他脸上有一种相当绝望的表情"。她只好心软下来。"最后我说：'如果你是好样的，弗勒希，你就应该过来说声抱歉。'听到这句话，他飞奔着穿过房间，浑身都在颤抖。他先亲吻了我的一只手，然后是另一只，伸出爪子来让我握着，用可怜巴巴的眼神望着我的脸，换作是你看见了，也一定会跟我一样原谅他的。"这就是她对勃朗宁先生关于整件事情的陈述；他自然回答道："哦，可怜的弗勒希，你认为我会因为他醋意十足的监视——因为他一旦熟悉了你，就很难再去熟悉别人，而不爱他、不尊重他吗？"勃朗宁先生轻而易举就能做到宽宏大度，但这种轻易的宽宏大度，或许正是最尖的刺，刺进弗勒希的身侧。

几天后发生的另一件事，表明了曾经那般亲密的他俩如今有多么疏离，以及弗勒希能够指望从巴雷特小姐那里获得的同情有多么稀少。某天下午，在勃朗宁先生走后，巴雷特小姐决定和她的妹妹一起坐马车去摄政公园。当她们到达公园门口时，四轮马车的门夹住了弗勒希的爪子。他"一声哀鸣"，向巴雷特小姐伸出爪子，渴望她的同情。换作以往，就算是更轻的疼痛，巴雷特小姐也会对他施以泛滥的同情。然而这一次，她的眼神里却表现出冷漠、讥讽和责备。她嘲笑他。她认为他是在装模作样："……他一踏上草地，就跟什么都没发生过似的跑起来了。"她写道。她还冷嘲热讽地评论道："弗勒希总是尽可能地夸大自己的不幸——他属于拜伦派——*il sepose en victime*（他让自己扮演受害者）。"然而这一次，是巴雷特小姐沉浸在自己的情绪中，彻底误解了他。他就算爪子受了伤，也依然会蹦蹦跳跳。他奔跑是在回应她的讥讽；我跟你算是完了——这就是他在奔跑时向她发出的讯息。他感到花儿的气味是苦涩的；青草灼烧他的爪子；泥土用幻灭填满他的鼻子。但他拼命奔跑——他蹦蹦跳跳。"遛狗必须拴链子"——有这样一句常见的标语；还会有公园管理员戴着大盖帽，拿着警棍，强制执行标语。但对他而言，"必须"已经没有了任何意义。爱的链子已经断裂。他可以跑去任何他想去的地方；追逐灰山鹑；追逐野兔；扑倒在大丽花坛的中央；弄坏优美绽放的红玫瑰和黄玫瑰。就让公园管理员挥动警棍吧，如果他们要这么做的话。让他们伤透脑筋。让他在巴雷特小姐的脚边倒地而亡，破肚开膛。他什么也不在乎。然而，自然不会有这种事情发生。没有人追赶他；没有人注意他。孤独的公园管理员正在和一位护工说话。他最终回到巴雷特小姐身边，她心不在焉地将链子迅速套上他的脖颈，带他回家。

在两次蒙羞之后，一只普通的狗，就算是一个普通的人，都有可能陷入精神崩溃。但是弗勒希，出于他全部的温柔灵巧，有一双熊熊燃烧的眼睛；有一种不仅会跳入火坑，更会在火坑中沉沦、闷燃的热情。他决心与他的情敌再单独碰个面。不会有第三者打断他们的终极对决。应该让他们依据自己的原则进行战斗。于是，七月二十一日星期二的下午，他溜到楼下，在门厅里等待。他没有等太久。很快，他便听见街上传来那熟悉的步伐，听见那熟悉的敲门声。勃朗宁先生被领进屋。他早就隐约感觉会遭到袭击，便决心主动示好，带了一盒蛋糕上门。弗勒希等在门厅。勃朗宁先生抚摸他，表达出明显的善意；或许甚至打算给他一块蛋糕。架势已经摆足了。弗勒希以他无与伦比的凶狠，扑到敌人身上。他的牙齿再次咬到了勃朗宁先生的裤子。但糟糕的是，在这兴奋时刻，他忘记了一件最重要的事——不能出声！他吠叫；腾空扑向勃朗宁先生，大声吠叫。这声音足以把全家都吓着。威尔逊匆匆跑到楼下。威尔逊狠狠揍他。威尔逊彻底制服他。威尔逊把他灰溜溜地带离现场。之所以灰溜溜——是因为他攻击了勃朗宁先生，结果却被威尔逊揍了。勃朗宁先生连手指都没抬一下。勃朗宁先生提着蛋糕，毫发无损，完全不以为意，淡然自若地走上楼去，独自进入卧室。而弗勒希则被带离了。

弗勒希被关了两个半小时的悲惨禁闭，与鹦鹉和甲虫、蕨类植物和炖锅一起待在厨房里。之后，他被传唤至巴雷特小姐跟前。巴雷特小姐躺在沙发上，身旁是她的妹妹阿拉贝尔。弗勒希自认为干了一番正当的事业，便径直朝她走去。可她不肯看他。他又转向阿拉贝尔。但阿拉贝尔只说了句："讨厌的弗勒希，走开。"威尔逊也在场——可怕的、无情的威尔逊。巴雷特小姐正是从她那儿了解到刚才发生的事。已经揍过了，威尔逊说，"因为就该揍"。接着，她又补充道，只是用手揍的。揭发弗勒希的罪行的正是她。这次袭击，巴雷特小姐想当然地认为，

第三章　风帽男　　59

是无缘无故的；她赞赏勃朗宁先生发扬了至善至美；弗勒希得到了仆人的一顿揍，没用鞭子，因为"就该揍"。没别的好说了。巴雷特小姐的裁决对他不利。"于是他趴在地上我的脚边，"她写道，"抬眼透过眉毛看着我。"但是，尽管弗勒希可能在看她，巴雷特小姐却不肯与他对视。一边是她躺在沙发上；一边是弗勒希趴在地上。

他趴在那里，像个流放者一样，在地毯上。这期间，他经历了一次狂乱的情感漩涡，灵魂可能猛烈地撞上岩石，变得四分五裂，也可能找到一小簇立足点，缓慢而痛苦地让自己振作精神，重回岸地，最终出现在宇宙废墟之巅，眺望一个以另一番规划全新建立起来的世界。会是哪个——摧毁或重建？这是个问题。他的困境只能被勾勒出个轮廓；因为他的争辩是无声的。弗勒希想要杀死敌人，他奋斗了两次；也失败了两次。可为什么会失败呢？他问自己。因为他爱巴雷特小姐。当她严厉而又沉默地躺在沙发上时，他抬眼透过眉毛望着她。他知道自己必须永远爱她。事情不简单，错综复杂。他咬了勃朗宁先生，就等于咬了她。恨不是恨；恨也是爱。弗勒希在迷惘的痛苦中摇了摇耳朵。他焦躁地在地板上转圈。勃朗宁先生是巴雷特小姐——巴雷特小姐是勃朗宁先生；爱是恨，恨是爱。他绷直身体，哭哭啼啼地从地板上抬起头来。钟敲响了八点。他已经在那儿趴了三个多小时，被抛入一个又一个困境。

即便是严厉、冷漠、无情的巴雷特小姐，此刻也放下了她的笔。"可恶的弗勒希！"她在给勃朗宁先生的信中写道，"……如果有人跟弗勒希一样，选择像狗一般野蛮行事，那么他们就该自食其果，就像狗通常遭遇的那样！而你，却对他那么温柔善良！任凭谁至少都会'脱口而出'一句，只有你不会。" 去买个口套，她心想，肯定会是个不错的主意。写到这里，她抬起头，看见弗勒希。她突然发现他的眼神有些异样。她停了下来。她放下笔。他曾经用一个吻将她唤醒，她以为他是潘神。他吃过鸡肉和浇了奶油的大米布丁。他为了她放弃了阳光。她把他叫到身边，说她原谅了他。

然而，要被原谅——好像是冲昏头脑才犯了错，要被重新领回到沙发上——好像他从趴在地板上的极度痛苦中什么也没学到，好像他仍然是原来那只狗，而实际上他已经完全变了，是不可能的。这一刻，筋疲力尽的弗勒希屈服了。然而几天后，在他和巴雷特小姐之间发生了值得纪念的一幕，反映出他的情感的深度。勃朗宁先生来过，又走了；弗勒希独自和巴雷特小姐待在一起。在正常情况下，他早已跳到沙发上她的脚边。但这次，他却没有像往常一样跳上来，请求她爱抚，而是跳上那把现在被称作"勃朗宁先生的扶手椅"的椅子。通常，他对这把椅子深恶痛绝；椅子上依然残留着敌人坐过的痕迹。然而现在，由于他赢了这场战役，由于他内心满是宽厚仁慈，他不但看着椅子，而且一边看一边"突然陷入一阵狂喜"。巴雷特小姐有意地望着他，观察到这不同寻常的征兆。接着，她发现他眼珠转向桌子。那张桌子上依然放着勃朗宁先生的一盒蛋糕。他"提醒我，你带来的蛋糕还在桌子上"。现在已经成了过期的蛋糕、不新鲜的蛋糕、无法引起食欲的蛋糕。弗勒希的想法很明显：在蛋糕还新鲜的那会儿，他拒绝食用，因为那是敌人给的。现在虽然蛋糕已经不新鲜了，但他肯吃了，因为那是一个变敌为友的人给的，因为那是由恨转爱的标志。是的，他正在表示他现在肯吃了。于是，巴雷特小姐起身，拿起蛋糕。一边喂他一边劝诫。"我跟他解释说，你带蛋糕给他，他应该为自己先前的坏心眼感到羞愧，并且下定决心，今后要爱你，不再咬你——这样他才能从你对他的善意中有所收获。"弗勒希一边吞下那块难吃的蛋糕——发霉、生虫、发酸——的陈年碎屑，一边用他自己的语言严肃地重复着她刚说过的话——他发誓今后要爱勃朗宁先生，不再咬他。

他即刻获得了嘉赏——不是不新鲜的蛋糕，不是鸡翅，不是他已得到的爱抚，也不是允许他回到沙发上巴雷特小姐的脚边。他获得了精神上的嘉赏；但奇怪的是，却在生理上产生了效果。在过去的几个月里，仇恨如同一根铁棒，整个儿地压制着他的心灵，彻底侵蚀、腐化、扼杀底下的自然生命。如今，通过利刃的切割和痛苦的手术，这根铁棒被摘除了。如今，血液再度流淌；神经反射、情绪亢奋；肉体形成；大自然欣欣向荣，仿佛到了春天。弗勒希又听见了鸟儿唱歌；他感到树叶在生长；当他趴在沙发上巴雷特小姐的脚边，荣耀和欢愉流遍他的血管。如今，他和他俩站在一起，不再势不两立；他俩的希望、他俩的愿望、他俩的渴望，也成了他的。如今，弗勒希会出于对勃朗宁先生的共鸣而吠叫。简短严厉的话语令他颈毛竖起。"我想要整个星期都是星期二，"勃朗宁先生大喊道，"还要整个月——整个一年——整个一生！"我，弗勒希回应他道，想要整个月——整个一年——整个一生！我想要你俩想要的一切。我们是三个同盟者，为了世界上最伟大的事业。共鸣把我们彼此联结在一起。仇恨把我们彼此联结在一起。反抗悬在头顶、暗无天日的苛政把我们联结在一起。爱把我们联结在一起——简言之，弗勒希的一切希望都建立在某种模糊不清但的确在上升的凯旋中，建立在某种他们所共享的光荣胜利中。然而，没有只字片语的警告，在文明、安全和友谊围绕下的弗勒希——当时他正与巴雷特小姐，以及她的妹妹，身处维尔街上一间商店里：这天是九月一日星期二的早晨——顷刻间，晕头转向地跌入黑暗中。地牢之门在他头顶关闭。他被偷走了[4]。

第四章　白教堂

"这天早晨,阿拉贝尔和我带着他,"巴雷特小姐写道,"乘马车去维尔街处理一些琐事。他一如既往地跟着我们踏入商店,然后又出来。当我上马车时,他就在我脚后跟。我转过身来,叫了一声'弗勒希',阿拉贝尔也四下寻找弗勒希——但弗勒希不见了!就在那一瞬间,他被抓走了,从轮子底下,你明白吗?"勃朗宁先生百分百明白。巴雷特小姐忘了拴狗链,因此弗勒希被偷走了。这种事情,在1846年的温珀街社区里,属于家常便饭。

显而易见,温珀街是个安稳之地,没有哪个地方——事实如此——能够在这方面超越它。对于尚能行走或坐轮椅缓慢推行的病人而言,目之所及皆是四层楼房、玻璃窗户或者红木大门之类宜人的景象。就连双驾马车在午后兜风的途中,也不必——如果车夫足够小心谨慎——脱离端庄得体以外的范畴。但如果你不是病人,如果你没有双驾马车，如果你——跟很多人一样——积极活跃，身强体健，热爱散步，那么你在离温珀街不足一石之遥的地方看到的景象、听到的语言和闻到的气味，会让你甚至对温珀街本身的安稳产生怀疑。托马斯·比慕斯先生在当年在伦敦四处散步时发现了这一点。他很惊讶；确切地说，是很震惊。威斯敏斯特地区矗立着辉煌的建筑，而这些建筑背后竟是些破棚户，人们群居在里面，底下是牛棚——"每七英尺的空间里就住着两个人"。他认为自己应该把这些所见所闻告诉人们。可是如何才能礼貌地描述这样一间卧室呢，它位于牛棚上方，里面蜗居着两三户人家，牛棚里通风不畅，奶牛就在卧室底下被挤奶和宰食？那是一项挑战，正如比慕斯先生尝试时所发现的，需要调用英语这门语言所富含的一切资源。但他认为自己应该把某天下午散步穿过伦敦某些顶级贵族教区时的所见所闻描述出来。斑疹伤寒的传染风险极大。有钱人不可能知道他们面临怎样的危险。关于他在威斯敏斯特、帕丁顿和马里波恩发现的那些有根有据的事实，他完全无法避而不谈。比如说，这里有一栋老宅，先前属于某个伟大的贵族。大理石壁炉台已然成为遗迹。房间里镶着护墙板，扶手雕着花，但地板已经腐烂，墙壁斑驳；一群群衣不蔽体的男女寄居在曾经是舞厅的房间里。他继续往前走。有一位野心勃勃的建筑师，推倒了一栋古老的家庭公寓。他在原址上粗制滥造了一幢廉租楼。屋顶漏雨，墙壁透风。他看见一个孩子将罐子浸在绿得发亮的水中，他问他们喝不喝那水。喝的，还在里面洗涤，因为房东只允许一周换两次水。此番景象在伦敦最祥和宁静的街区被突然撞见——"顶级贵族教区也有份"，因此更显得惊心触目。巴雷特小姐房间的后面，比如说，是伦敦最糟糕的贫民窟之一。与端庄体面相混合的，是这种肮脏。也有一些街区，当然，长期交付给穷人，无人问津。几个世纪以来，在白教堂，或者在托特纳姆法院路尽头的一个三角广场区，贫穷、堕落和苦难无拘无束地饲养、浸润和繁殖着它们的同类。圣吉尔斯区有一群密集的老建筑，"几乎可谓服刑地、穷人的大都会"。穷人聚集之地，常被形象地被称作"秃鼻乌鸦群栖林地"。因为那里的人类成群地居住在彼此的头顶上方，就像乌鸦一样，让树顶变得黑压压。只不过那是建筑，而非树木，但也很难称之为建筑。那是由一条条肮脏延伸的巷子贯穿而成的砖块牢房。整个白天，衣不蔽体的人们在巷子里吵吵嚷嚷；到了晚上，白天在西端干着日常勾当的小偷、乞丐和妓女又在这里汇聚成河。警察对他们束手无策。独行经过的人只有尽可能加快步伐，或者用一大堆语录、托词和委婉语，正如比慕斯先生所为，暗示人们：一切都不该这样。霍乱会来，或许霍乱给出的暗示不会像他这么闪烁其词。

不过，在1846年的夏天，那种暗示尚未到来；对于住在温珀街社区的人而言，唯一安全的做法是不要离开体面区域半步，并用链子拴好你的狗。如果有谁忘了，像巴雷特小姐那样忘了，就要接受惩罚，就像眼下巴雷特小姐那样接受惩罚。温珀街与圣吉尔斯如同下巴和脸颊般紧挨在一起，两地之间的往来之道人尽皆知。圣吉尔斯盗取一切能盗取的；温珀街支付一切须支付的。因此，阿拉贝尔立即"开始安慰我，向我证明，最多花上十英镑，就一定能把他赎回来"。十英镑，据估计，是泰勒先生出售一只可卡犬的要价。泰勒先生是这伙流氓的头子。要是有哪位女士在温珀街上丢了狗，就会去找泰勒先生；他报价，她付钱；如果没有去找他，一个装有狗头和狗爪的牛皮纸袋就会在几天后被投递到温珀街。至少，街区里有一位试图与泰勒先生讨价还价的女士，就曾经有过这样的遭遇。不过，巴雷特小姐当然是愿意付钱的。因此，她回家后，把这件事告诉了她的弟弟亨利，亨利在当天下午去找了泰勒先生。他找到他"在一个有装饰画的房间里抽雪茄"——据说，泰勒先生通过温珀街上的狗，每年能赚个两三千镑。泰勒先生保证会跟他的"社团"商量，明天就把狗还回来。这就是在1846年忘记拴狗链所要面临的无可避免的后果，本来已经够恼人的了，尤其在巴雷特小姐手头缺钱的时候，更是令她心烦意乱。

但在弗勒希看来，情况大相径庭。弗勒希，巴雷特小姐心想，"并不知道我们能把他赎回来"；弗勒希从未掌握人类社会的处事原则。"他会整晚哀嚎，这一点我相当清楚。"巴雷特小姐在九月一日星期二下午写给勃朗宁先生的信中说道。然而，在巴雷特小姐写信给勃朗宁先生的那段时间里，弗勒希正经历着他人生的至暗时刻。他已经彻底不知所措。前一刻,他还在维尔街,在蝴蝶结与蕾丝的包围中;下一刻,他就晕头转向地跌进袋子里;一路上在颠簸中飞速地穿街走巷,最后从袋子里被倒出来——倒在这里。他发现自己身处彻底的黑暗。他发现自己身处寒冷与潮湿。等到不再头晕眼花后,他在一个低矮、昏暗的房间里勉强辨别出一些物件的形状——几把破椅子、一个塌床垫。接着又发现自己的一只脚被紧紧地捆绑在某个物件上。地上懒散地躺着个什么——是人是兽,他说不上来。笨重的靴子和拖曳在地上的裙子不停地在跌跌撞撞中进进出出。苍蝇围绕着腐烂在地上的隔夜碎肉嗡嗡作响。孩子们从暗角里爬出来,拧他的耳朵。他发出哀嚎,但被一只粗壮的手揍了脑袋。他蜷缩在墙边几英尺宽的潮湿砖块上。现在他能看清了,地上挤满了各种各样的动物。几只狗在相互撕扯,惦念着他们中间的一块烂骨头。他们瘦骨嶙峋——只能吃个半饱,邋里邋遢,疾病缠身,毛发蓬乱,未经梳理和刷洗;然而,这里的每一只狗,弗勒希看得出来,都曾经是血统最高贵的狗,拴着链子的狗,由男仆牵着的狗,就跟他自己一样。

他一个小时接一个小时地趴着,甚至不敢呜咽。最令他难受的是口渴;但仅仅喝了一口身边提桶里黏稠发绿的水,就已经令他恶心得要命;他宁死也不肯再喝一口。然而,一只庄严高贵的灵缇却在贪婪地喝着。每当门被踢开,他都会抬头看。巴雷特小姐——是巴雷特小姐吗?她是不是终于来了?但来的却只是一个毛发浓密的恶棍,把他们都踢到一边,跌跌撞撞地走向一把破椅子,一屁股坐上去。夜色越来越深。他几乎无法辨认地上、床垫上、破椅子上的那些轮廓。壁炉上方的横档上插着一支残烛。一星火苗在屋外的排水沟里燃烧。在这摇曳暗淡的光线下,弗勒希看见屋外路过一张张可怕的脸,正在邪恶地看着窗户。随后,他们走进屋,直到拥挤的小屋变得更加拥挤,以至于他不得不缩回身子,更紧贴墙壁地趴着。这些可怕的野兽——一些衣衫褴褛,另一些打扮得花里胡哨,涂着脂粉、插着羽毛——或蹲坐在地板上,或俯身在桌子上。他们开始喝酒;他们骂骂咧咧,相互推推搡搡。有越来越多的狗从袋子里被倒来,跌落在地上——供赏玩的小体型狗、塞特猎犬、指示犬,脖子上还都挂着项圈;一只巨型凤头鹦鹉慌慌张张地拍打着翅膀，从一个角落飞到另一个角落，厉声尖叫："漂亮波尔，漂亮波尔。①"这口音让它的女主人，一位来自梅达谷②的寡妇，吓得瑟瑟发抖。女人们打开包，手镯、戒指和胸针弹落在桌子上，跟弗勒希看见巴雷特小姐和亨丽埃塔小姐戴的那些差不多。魔鬼们张牙舞爪地争抢，为它们争吵和辱骂。狗狂吠不止。孩子们厉声尖叫。漂亮的凤头鹦鹉——正是弗勒希经常在温珀街边公寓窗口的挂架上看到的那种——厉声尖叫："漂亮波尔！漂亮波尔！"它越叫越急促，直到一只拖鞋朝它扔去。它疯狂地拍了拍巨大的翅膀，那是一对有黄色晕染的鸽灰色翅膀。接着，蜡烛翻了，落在地上。房间里一片漆黑。逐渐变得越来越热。这气味、这热度，叫人难以忍受。弗勒希的鼻子在燃烧，皮毛不停抽搐。然而，巴雷特小姐还是没有来。

---

① 波尔，Poll（亦写作 Polly），指鹦鹉，源自本·琼生所创作的喜剧《福尔蓬奈》（*Volpone*），故事里有一位来自英格兰的波尔爵士（Sir Pol），在威尼斯为了迎合当地人，模仿他们的言行举止，被笑话为像只鹦鹉。
② 梅达谷，Maida Vale，英国地名，有小威尼斯之称。

巴雷特小姐躺在温珀街的沙发上。她伤透脑筋；她忧心忡忡，但还没有真正感到害怕。当然，弗勒希会受折磨；他会整晚哀嚎和吠叫；但不过也就几小时而已。泰勒先生会开价；她会付钱；弗勒希会回来。

九月二日星期三，白教堂的秃鼻乌鸦群栖林地，黎明破晓。破窗渐渐地抹上一层灰色。暴徒们在地上四仰八叉地躺着，光线落在他们胡子拉碴的脸上。弗勒希从蒙住他眼睛的昏睡中醒来，再次回到现实。现在，这就是现实——这个房间，这些暴徒，这些哀嚎、撕咬、被紧紧拴着的狗，这昏暗，这潮湿。身处一间商店、与女士们为伴、被蝴蝶结包围的日子，真就发生在昨天？真有一个叫温珀街的地方？房间里有一个紫色罐子冒着新鲜的水；他趴在枕垫上；得到一只烤得香喷喷的鸡翅；他饱受愤怒、嫉妒之苦，咬了一个戴黄手套的男人；这些都是真的？这样的生活和情感都已经彻底飘走了，消散了，变得不真实了。

这时，蒙着灰的灯啪的一声打开，一个女人从身上抛下一个麻袋，然后跌跌撞撞地去拿啤酒。狂饮和咒骂又开始了。一个胖女人抓住他的耳朵,把他拎起来,戳他的肋骨,开一些关于他的恶心玩笑——当她再度把他扔到地上时,爆发出一阵大笑。大门被踢开,砰砰作响。每当这时,他都会抬头看。会不会是威尔逊?有没有可能是勃朗宁先生,或者巴雷特小姐?但都不是——只是另一个小偷、另一个歹徒。一看见那些拖曳在地上的长裙、又粗又硬的靴子,他就缩回去。有一次,他试着啃一块扔在他面前的骨头。但骨头上跟石头一样硬的肉,他咬不动,散发的腐臭也令他作呕。他越来越渴,只好舔一口桶里溢出来的绿色的水。随着星期三慢慢过去,他感觉越来越热,越来越渴,还越来越生气,他趴在破木板上,周围混沌一片。他几乎不怎么留意发生了什么。只有当门打开的时候,他才会抬头看。不,不是巴雷特小姐。

巴雷特小姐躺在温珀街的沙发上,开始变得焦虑起来。进展得很不顺利。泰勒已经答应了周三下午去白教堂,跟"社团"协商。然而,周三下午、周三晚上都过去了,泰勒还是没来。这只能意味着,她心想,要抬高价格了——此刻,这真让她为难。不过,当然,她还是会付钱

勃朗宁夫人

的。"我不能失去我的弗勒希,你知道,"她在给勃朗宁先生的信中写道,"我不能冒任何风险,不能讨价还价。"她躺在沙发上,一边给勃朗宁先生写信,一边听着有没有敲门声。然而,威尔逊上楼来送信;威尔逊上楼来送热水。已经到了上床睡觉的时间,弗勒希还是没有回来。

九月三日星期四,白教堂黎明破晓。大门开了又关。一只在弗勒希旁边的地上哀嚎了一整晚的红色塞特猎犬,被一个穿着鼹鼠皮背心的恶棍拖走了——他会有怎样的命运?被杀掉和留在这里相比,哪个更好?哪个更糟——这样活着还是死掉?这里的吵闹、饥饿、口渴和难闻的气味——以及有一次,弗勒希记得,他还闻到了一股令他深恶痛绝的古龙水味儿——正在迅速地覆盖掉每一个形象、每一种渴望。过往记忆的碎片开始在他脑海里旋转。那是不是老米特福德博士在田野里的呼喊声?是不是克伦哈勃奇在门口与面包师闲聊?房间里传来咔咔的声音,他以为自己听见米特福德小姐正在捆扎一束天竺葵,可那只不过是风——因为今天有暴风雪——拍打窗玻璃上用来填补破洞的牛皮纸的声音罢了。只不过是醉汉在排水沟里说疯话罢了。只不过是角落里的老太婆一边在火上用平底锅烤鲱鱼，一边不停地嘟囔罢了。他已经被遗忘、被抛弃了。没有人帮他。没有人对他说话——鹦鹉大喊："漂亮波尔，漂亮波尔。"而金丝雀则继续它们毫无意义的叽叽喳喳。

接着，夜晚再次让房间变暗；蜡烛插在盘子里，外面摇曳着昏暗的灯光；一群恶棍背着袋子，一群艳俗的女人脸上涂着脂粉，开始一步一拖地走进屋，一头扑到破床、破桌子上。夜晚再次将黑暗关进白教堂。雨水透过屋顶上的洞，有节奏地滴落下来，敲打着用来接住它的水桶。巴雷特小姐还是没有来。

周四，温珀街黎明破晓。没有弗勒希的踪迹——没有来自泰勒的信息。巴雷特小姐变得非常害怕。她开始调查。她叫来她的弟弟亨利，对他进行盘问。结果发现他骗了她。"大恶魔"泰勒昨晚如约而至。他阐述了他的条件——六个基尼给"社团"，半个基尼给他自己。但是亨利没有转告她，反而告诉了巴雷特先生，结果，当然是巴雷特先生命令他别付钱，也别把泰勒来过的事情告诉他姐姐。巴雷特小姐"暴跳如雷"。她吩咐她的弟弟立刻去找泰勒先生，把钱付掉。但亨利不肯，还说"要问问爸爸"。可她抗议说，问爸爸根本没用。弗勒希可能会在他们问爸爸的时间里被宰掉。她已经下定决心。如果亨利不去，她就自己去："……如果他们不照我的意思办，我明天早上就下楼，亲自去把弗勒希带回来。"她在给勃朗宁先生的信中写道。

然而，巴雷特小姐后来才发现，说起来容易做起来难。她去找弗勒希，就跟弗勒希来找她一样困难。整条温珀街都不支持她的想法：关于弗勒希被偷以及泰勒先生勒索赎金的新闻已经传得沸沸扬扬。温珀街的居民下定决心，要与白教堂势不两立。盲人博伊德先生托人捎话来，说他认为支付赎金将会构成"一种极大的罪恶"。她的父亲和弟弟也联手反对她，他们为了自己所处阶级的利益，可以随时随地背叛家人。但最糟糕的是——糟糕得多的是——勃朗宁先生也不遗余力，充分发挥他的能言善辩、他的毕生所学、他的逻辑推理，站在温珀街这一边，与弗勒希对着干。如果巴雷特小姐向泰勒低头，他写道，那就是在向残暴低头；如果她向勒索低头，那就是在帮助邪恶压倒正义，帮助恶毒压倒无辜。如果她满足泰勒的要求，"……那些没钱赎回狗的穷主人又该怎么办？"他的想象力开展得如火如荼；他想象，即便泰勒只问他要五先令，他会怎么说；他会说，"你要为你们这伙人的行为负责，你给我听着——别对我搞那套砍脑袋或砍爪子的胡说八道。记住，我站在这里告诉你，我要一辈子跟你们作对，这是你们自找的——我要想尽一切办法，把我能找到的你的全部党羽连同你一起送入地狱——你已经被我找到，我会永远盯着你……"如果勃朗宁先生有幸见到泰勒，他会如此答复那位绅士，因为在同一天星期四的下午，当他在晚些时候又收到第二封信时，他继续写道："……真是不堪想象，各阶级的压迫者，在用各种手段发掘出那些寡言少语的弱者的秘密之后，便可以随心所欲地操控他们的心弦。"他没有责怪巴雷特小姐——在他看来，她所做的都完全正确、完全可以接受。然而，他在星期五上午继续写道："我认为这是令人遗憾的懦弱……"如果她纵容偷狗的泰勒，就等于在纵容窃取人格的伯纳德·格里高利①。像伯纳德·格里高利这样的勒索犯，编制名录、摧毁人格，导致一些可怜人割喉自杀或者逃亡异乡，你对此也负有间接责任。"不过话说回来，我们为什么要为一件天底下再明白不过的事情，写下这一大段老生常谈？"勃朗宁先生的咆哮与疾呼，就这样每天要从新十字街来两遍。

巴雷特小姐躺在沙发上念信。要屈服是多么容易啊——要说出"你的好意见对我而言比一百只可卡犬更有价值"是多么容易啊，要重新回到枕垫里躺下并叹息道"我是个弱女子；不懂什么法律和正义；你们替我决定吧"是多么容易啊。她只需拒绝支付赎金；她只需反抗泰勒和他的"社团"。如果弗勒希被杀，如果寄来了可怕的包裹，她打开包裹后，掉出了他的脑袋和爪子，会有罗伯特·勃朗宁在身边安慰她，说她做得对，她赢得了他对她的尊敬。可是，巴雷特小姐才不会被吓倒。巴雷特小姐拿

---

① Barnard Gregory（1796—1852），英国记者、出版商、演员。1831年至1849年出版报纸《讽刺作家》（*The Satirist*），刊登伦敦市民丑闻，经常借此勒索。

起笔，批驳罗伯特·勃朗宁。引述多恩、拿格里高利举例子、想象自己对泰勒先生的慷慨陈词，她说，这些都很好——如果泰勒殴打她，如果格里高利诽谤她——他们巴不得这样做呢！——她也会跟他一样对付他们。但是，如果绑匪劫走的是她，如果她落在他们手里，威胁要割掉她的耳朵，邮寄到新十字街，勃朗宁先生会怎么做？无论他会怎么做，她心意已决。弗勒希无依无靠。她要对他负责。"但是弗勒希，可怜的弗勒希，他那么忠心耿耿地爱着我；因为泰勒先生在世上的罪行，就让弗勒希无辜地被牺牲掉，我有这个权利吗？"无论勃朗宁先生说什么，她都要去救弗勒希，即便在白教堂深入腹地才能带回他，即便罗伯特·勃朗宁鄙视她的做法。

因此，星期六那天，她把勃朗宁先生的信摊在面前的桌子上，开始梳妆。她念到他信中所写的"再补充一句——在总的态度上，我竭力反对世界上由丈夫、父亲、兄弟以及专制者所制定的丧尽天良的规则"。所以，如果她去白教堂，她就是在和罗伯特·勃朗宁作对，并在总的态度上，对父亲、兄弟以及专制者表示支持。她继续梳妆。一只狗在院子里哀嚎。他被拴住了，在残酷人类的统治下束手无策。它的哀嚎在她听来像是在喊："想想弗勒希。"她穿上鞋子，披上斗篷，戴上帽子。她又瞄了一眼勃朗宁先生的信。"我快要跟你结婚了。"她念道。狗依然在哀嚎。她离开房间，走下楼去。

亨利·巴雷特遇见她，告诉她在他看来，如果她听从威胁，可能会遭遇抢劫或杀害。她让威尔逊去叫一辆马车。浑身发抖但唯命是从的威尔逊听从了她的吩咐。马车到了。巴雷特小姐让威尔逊上车。虽然威尔逊深信死到临头，但还是上了车。巴雷特小姐让车夫驾车前往肖迪奇区的曼宁街。巴雷特小姐自己也上了车，他们驾车走了。很快，她们离开了玻璃窗格、红木大门和区域隔离栏。她们来到一个巴雷特小姐从未见过、从未猜想过的世界。在这个世界里，奶牛被饲养在卧室地板下方；全家人睡在窗户破了的房间里；在这个世界里，用水每周只更换两次；在这个世界里，罪恶与贫困繁衍出罪恶与贫困。她们来到一个任何体面的车夫都不曾了解的区域。马车停下；车夫在一间酒吧前问路。"出来两三个男人。'哦，我猜，你们一定是想找泰勒先生！'"在这个神秘的世界里，载着两位女士的马车只可能为一件差事而来，而那件差事人尽皆知。是一种极端的罪恶。其中一个男人跑进一栋房子，接着又出来说泰勒先生"'不在家！不过，你要不要下车？'威尔逊惊恐万分地插嘴，求我别考虑这种荒唐事"。一群男人和男孩围着马车推推搡搡。男人问："那你要不要见见泰勒夫人？"巴雷特小姐没想要见泰勒夫人，但这时一个肥胖臃肿的女人从房子里走出来，"胖到一辈子都能心安理得"，她告诉巴雷特小姐，她丈夫出门去了："可能几分钟后就回来了，也可能要等上好几个小时——你要不要出来等？"威尔逊拽了拽她的裙子。想象一下在那种女人的房子里等！坐在一辆被一群男人和男孩围着推推搡搡的马车里，已经够糟的了。于是，巴雷特小姐坐在马车上与这位"肥胖臃肿的女土匪"谈判。她的狗在泰勒先生手上，她说；泰勒先生答应过会归还；泰勒先生能否务必当天把她的狗送回温珀街？"哦，可以，当然。"胖女人回答道，脸上露出最亲切的微笑。她十分肯定泰勒离开家正是为了这桩生意。她以最轻松优雅的姿态，往左往右摆了摆脑袋。

于是，出租车掉头离开肖迪奇区的曼宁街。在威尔逊看来，"我们这次是劫后余生"。巴雷特小姐自己当时也很害怕。"显而易见，团伙在那边势力强大。社团、'幻想'①……扎根于那片土地。"她写道。她内心思绪万千，满眼都是画面。这，就是存在于温珀街另一边的事物——这些脸孔，这些房屋。她坐在马车里在酒吧门前所看到的，比她过去五年躺在温珀街背后的卧室里看到的更多。"那些男人的脸！"她惊呼道。被烙在她的眼球上。他们在她身上所激发的想象，是书架上的那些胸像，"神圣的大理石物质"，从来没有激发过的。那里住着和她一样的女人；当她躺在沙发上看书、写作时，她们却过着那样的生活。现在，马车又一次缓慢穿梭在四层楼房屋之间。这里是熟悉的街道，两边有窗户和大门；有尖头砖、铜门把手和常见的窗帘。这里有温珀街和 50 号。威尔逊跳下马车——可以想象，当她意识到自己已经平安无事

---

① Fancy，指伦敦当时当地一个高效运转的窃贼网络。

时，心里感到多大的安慰。但巴雷特小姐却稍有迟疑。她依旧能看见"那些男人的脸"。多年后，当她坐在意大利的一个洒满阳光的阳台上写作时，那些脸会再次出现。[5] 带给她灵感，让她写出《奥萝拉·李》中最生动的片段。此刻，管家打开门，她上楼回到她的房间。

星期六是弗勒希被囚禁的第五天。他筋疲力尽，几乎快要绝望，喘着气，趴在黑暗的角落里，周围地上熙熙攘攘。大门被砰砰地甩来甩去。沙哑的声音在吵嚷。女人们尖叫。鹦鹉喋喋不休，就跟它们在梅达谷对寡妇喋喋不休时一样，但现在邪恶的老婆子却只是朝着它们咒骂。昆虫匍匐在他的皮毛里，但他太虚弱了，完全没有心思去抖一抖。弗勒希过去的整个生活以及诸多场景——阅读、温室、米特福德小姐、凯尼恩先生、书架、胸像、窗帘上的农民——像雪花一样慢慢在一口大煮锅里融化消失。如果说他依然心存希望，那也是对某种无名无形的东西；某个人毫无特征的脸，他依然称之为"巴雷特小姐"。她依然存在；世界其余的部分都已经消失；但她依然存在，虽然他们之间存在如此巨大的鸿沟，以至于她不可能，几乎不可能，依然能伸手够到他。黑暗再次降临，这黑暗似乎将摧毁他最后的希望——巴雷特小姐。

实际上，温珀街上的势力，甚至在这最后时刻，依然不屈不挠地要将弗勒希和巴雷特小姐分开。星期六下午，她躺着等待泰勒前来，正如那个肥胖臃肿的女人所承诺的。最后他来了，但没有带上狗。他表明来意——让巴雷特小姐当场付他六个基尼，他就立刻去白教堂，把狗带过来，"君子一言，驷马难追"。"魔鬼"泰勒的君子一言能顶什么用，巴雷特小姐说不上来，但"看来也没有别的办法了"；弗勒希危在旦夕；她数了数，取出足够的基尼，交给走廊里的泰勒。但倒霉的是，正当泰勒在四周堆满雨伞、版画、毛绒地毯和其他值钱玩意儿的走廊里等待的时候，阿尔弗雷德·巴雷特走了进来。当他看见魔鬼居然在他的房子里时，一下子脾气失控。他大发雷霆。他喊他"混混、骗子和扒手"。泰勒先生立即骂了回去。更糟糕的是，他说："狗想得救，没门儿，再也见不到狗了。"随后便冲出房子。如此一来，明天早晨，就要收到血迹斑斑的包裹了。

第四章 白教堂

巴雷特小姐再次披上衣服，冲到楼下。威尔逊在哪儿？让她叫一辆马车。她要立即回到肖迪奇区。她的家人跑过来阻止她。天色正在变暗。她已筋疲力尽。这趟冒险对一个强壮的男人而言也是危险重重。对她而言，更是疯了。他们这样告诉她。她的弟弟们，她的妹妹们，都围绕在她身边，吓唬她、劝阻她。"朝着我放声大叫，因为我'太疯了'，顽固不化，犟头倔脑——他们给我扣了跟泰勒先生一样多的帽子。"但她坚持自己的立场。最终，他们明白了她已经不可理喻到怎样的程度。无论将面对怎样的风险，都只能依了她。塞普迪莫斯答应说，如果巴小姐能够回到她的房间，"并且心平气和"，他就亲自去泰勒那里支付赎金，把狗带回来。

九月五日，白教堂的黄昏渐渐隐入黑暗的夜色里。房屋的大门再次被踢开。一个毛发浓密的男人用力拽住弗勒希的脖子，把他拖出角落。抬头望着他的宿敌那张无比丑陋的脸，弗勒希不知道自己是要被带去宰掉，还是放生。除了一片幽灵般虚幻的记忆，他什么都不在乎了。男人弯下腰，用粗大的手指笨拙地摸索他的喉咙，这是要干什么？是尖刀，还是铁链？弗勒希跌跌撞撞，跟个半瞎似的踩着蹒跚的步伐，被带到了屋外。

在温珀街上，巴雷特小姐茶饭不思。弗勒希到底是死是活？她不知道。八点，门口传来一阵敲门声；是勃朗宁先生通常在这个时间点寄来的信。不过，在开门收信的同时，有个东西冲了进来：弗勒希。他径直冲向他的紫色罐子。已经往罐子里倒了三次水；可他依然在喝。巴雷特小姐看着这只神志不清、晕头转向、脏兮兮的狗喝水。"他见到我并不如我期待中那么兴奋。"她评价道。不，在这世界上，他只想要一样东西——干净的水。

毕竟，巴雷特小姐只看了一眼那些男人的脸，便终生难忘。而弗勒希在他们中间，被他们任意摆布了整整五天。现在，当他再次趴到枕垫上，冰凉的水是唯一看似具有实体、具有真实感的东西。他不停地喝水。卧室里昔日的神祇——书架、衣橱、胸像——似乎失去了实体。这个房间不再是全世界，它只是一个避难所。它只是一个小山谷，一片颤抖的羊蹄叶在它上方形成拱顶，周围森林里野兽徘徊、毒蛇盘绕；每棵树后面都潜伏着一个准备猛扑过

第四章 白教堂

来的歹徒。当他晕头转向、筋疲力尽地趴在沙发上巴雷特小姐的脚边时，被囚禁的狗的哀嚎、惊恐的鸟的尖叫，依然在他耳边回荡。当门打开时，他惊跳起来，以为会是一个毛发浓密的男人拿着一把刀——但只是凯尼恩先生带着一本书而已；只是勃朗宁先生戴着一副黄手套而已。但他现在蜷缩着，离开凯尼恩先生和勃朗宁先生远远的。他不再信任他们。他们友善的笑脸后面，是背叛、残忍和欺骗。他们的爱抚是虚伪的。他甚至讨厌和威尔逊一起走去邮筒。如果没有链子拴着他，他哪儿都不去。如果有人问起："可怜的弗勒希，恶棍是不是把你带走了？"他会抬起头来，呻吟、叫喊。一听到抽打鞭子的声音，他就会一溜烟儿地跑到台阶下避难。在室内，他在沙发上紧紧地匍匐在巴雷特小姐身边。只有她没有嫌弃他。他依然对她抱有某种信仰。某种具有实体的东西渐渐地回到她身上。他筋疲力尽，瑟瑟发抖，肮脏瘦削，趴在沙发上她的脚边。

随着日子一天天地过去，关于白教堂的记忆也渐渐淡化，弗勒希挨着巴雷特小姐，趴在沙发上，他比过去更懂她的情绪。他俩曾经被分开，现在又在一起了。实际上，他俩从未如此相像。她的每一次惊跳、她的每一次移动，都会在他身上表现出来。她现在似乎没完没了地惊跳和移动。甚至连送个包裹也能让她跳起来。她打开包裹；用颤抖的双手，拿出一双厚靴子。她立即把它们藏在壁橱角落里，然后躺下来，就好像什么都没发生过，但其实有事发生。当他俩独处时，她会起身从抽屉里拿出一条钻石项链。她拿出一个装着勃朗宁先生来信的盒子。她把靴子、项链和信都一起放进一个绒布箱子，这时——她似乎听到楼梯上传来脚步声——她把箱子推到床底，匆匆躺下，把披肩盖回到身上。如此秘而不宣、偷偷摸摸的迹象，弗勒希感觉到，必定预示着某种危机正在迫近。他俩要一起逃跑吗？他俩将要一起逃离这个存在偷狗贼和恶棍的肮脏世界吗？哦，那是有可能的！他兴奋得浑身颤抖，发出呜咽声；但巴雷特小姐却低声叫他安静，他马上就安静下来了。她也非常安静。每当有弟弟妹妹进来，她就一动不动地躺在沙发上；她躺着和巴雷特先生说话，就跟她总是躺着跟巴雷特先生说话一样。

但是，到了周六，九月十二日，巴雷特小姐做了一件弗勒希从未见她做过的事情。她梳妆打扮，好像吃过早餐后就要出门。而且，弗勒希看着她梳妆打扮，从她脸上的表情能清楚地意识到，她不会带他一起去。她必须去办一件只有她自己知道的私事。十点，威尔逊进入房间。她也穿戴整齐，好像要去散步。她俩一起出门；弗勒希趴在沙发上，等她俩回来。差不多一小时过后，巴雷特小姐独自回来了。她没有看他一眼——她好像什么都没看。她脱下手套，有那么一瞬间，他看到她左手手指上有一个金色圈圈在发光。接着，他看见她从手上脱下戒指，藏在抽屉里的暗影中。她像平常一样躺在沙发上。他趴在她身边，几乎不敢喘气，因为无论发生了什么，必定是一件不惜任何代价都不能让人知道的事情。

不惜任何代价，卧室里的生活必须一如既往地继续下去。然而一切还是变了。窗帘每一次拉上拉下，在弗勒希看来都像是迹象。当光与影在胸像上移动时，似乎也在暗示和召唤。房间里的一切仿佛都察觉到变化，都在为某个事件做准备。弟弟妹妹们一如既往地进进出出。巴雷特先生也一如既往地在夜里来访。他看起来一如既往地刚吃过牛排、喝过红酒。每当房间里有人的时候，巴雷特小姐总是说说笑笑，丝毫没有显露她有所隐瞒的迹象。然而，等到他俩独处时，巴雷特小姐便从床底下拉出箱子，一面偷偷摸摸、手脚麻利地把东西装进箱子，一面侧耳倾听。这种焦虑紧绷的迹象不可能搞错。星期天，教堂的钟声响起。"哪里的钟在响？"有人问。"是马里波恩教堂的钟。"亨丽埃塔回答。巴雷特小姐，弗勒希看到她，脸色煞白。但其他人什么也没注意到。

就这样，星期一过去了，星期二、星期三和星期四也过去了。像厚厚的毛毯一样笼罩着他们的，是沉默，是一切如常的就餐、谈话和静静地躺在沙发上。弗勒希在不安的睡梦中摇晃，他梦见他俩躺在一片巨大森林的黑暗里，头顶上是蕨类和树叶；树叶落下，他醒了过来。眼前一片漆黑，但他看见威尔逊偷偷摸摸地进屋，从床底下拿出箱子，悄悄地把它运了出去。这天是九月十八日，周五的晚上。整个周六上午，他都躺着，如同一个知道随时会掉下一条手绢、传来一声低沉的口哨、发出一种生死信号的人一样地躺着。他看着巴雷特小姐亲自梳妆打扮。在四点不到一刻时，门开了，威尔逊进屋，信号已经发出——巴雷特小姐双手抱起他，起身走到门口。他们伫立片刻，环顾房间。房间里有沙发，旁边是勃朗宁先生的扶手椅。有胸像和桌子。阳光透过常春藤叶间隙照进来，画着散步的农民的窗帘被轻轻吹开。一切都一如既往。一切都认为同样的情景还会再重复上一百万次；但对于巴雷特小姐和弗勒希而言，这是最后一次。非常安静地，巴雷特小姐关上了门。

非常安静地，他们溜下楼，走过大会客室、藏书室和餐厅。那里看起来和平常一样；气味也和平常一样；都非常安静，仿佛在炎热的九月里睡着午觉。门厅的地毯上，卡特里纳也在趴着睡觉。他们终于来到大门口，非常安静地旋转把手。一辆马车正等在门外。

"去霍奇森旅馆。"巴雷特小姐说道。她几乎是在对车夫耳语。弗勒希一动不动地坐在她的膝头。他不会为世界上的任何理由打破这巨大的沉默。

第五章　意大利

在接下来的几小时、几天、几周里，一会儿是黑暗与颠簸；一会儿是光亮乍现；接着是昏暗漫长的隧道；被粗暴地抛来抛去；被仓促地举到灯光里，看见巴雷特小姐凑近的脸，以及纤细的树木、线条、轨道和高处星星点点的房屋——因为这就是在那个年代里铁路运输的野蛮风俗，把狗装在箱子里——紧随其后。然而，弗勒希并不感到害怕；他们正在逃跑；他们正在逃离身后的恶棍和偷狗贼。颠簸，碾压；碾压，颠簸，要怎样都可以，他喃喃自语道，火车正在将他抛来抛去；只要让我们远离身后的温珀街和白教堂。终于，灯光变得明亮；颠簸停止了。他听见小鸟唱歌、树木在风中叹息。或是流水奔腾的声音？他终于睁开眼睛，终于抖了抖皮毛，他看见——一幅他所能想象的最不可思议的景象。巴雷特小姐坐在奔腾的流水中央的一块岩石上。树木朝她弯腰；河流围着她奔跑。她一定是遇到了危险。弗勒希一跃而起,在河水中扑腾着来到她身边。"将他以彼特拉克的名义受洗礼。"巴雷特小姐说道,此时他正费力地爬上她身边的岩石。他们到了沃克吕兹,所以她栖息在彼特拉克喷泉正中央的石头上。

接下来,又一阵颠簸和碾压;接下来,他再次站在坚实的地上;黑暗被打破;光线泼洒到他身上;他发现自己活着、醒着、不知所措,站在淡红色的地砖上,在一个空荡荡的大房间里,阳光涌进整个房间。他东奔西跑,到处又闻又摸。没有地毯,没有火炉。没有沙发,没有扶手椅,没有书架,没有胸像。刺鼻而又陌生的气味挑逗他的鼻孔,让他打喷嚏。光线始终清晰而又刺眼,令他目眩。他从没到过哪个房间——如果这真的是一个房间——如此坚硬,如此明亮,如此宽敞,如此空空荡荡。房间中央有一张桌子,巴雷特小姐坐在桌子边的椅子上,个子看上去比以往都要小。接着,威尔逊把他带出房间。起初是因为阳光,后来是因为阴影,搞得他几乎什么也看不见。街道这半边在燃烧发热,那半边却冷得要命。过路的女人们一边裹着皮草,一边又打着阳伞遮住自己的头。街道跟骨头一样干得发硬。尽管眼下正值十一月中旬,却没有淤泥地或小水洼弄湿他的爪子,凝结他的毛。不分区域,也没有栏杆。没有在温珀街或牛津街上散步时闻到的那种迷人的混乱气味分散他的注意力。但另一方面,又从尖石街角,从干燥的黄土墙,传来一股陌生的新气味,极其刺鼻而又诡异。接着,从飘动着的黑色门帘后面,传来一股惊人的甜香,随风飘入云朵;他停下脚步,抬起爪子,去细细品味;他跟随这香味走进室内;他从门帘底下钻进去。他瞥见一个灯火通明、人声鼎沸的大厅,天花板很高,非常空旷;威尔逊惊叫一声,急忙把他拽回来。他们又回到街上。街上的嘈杂声震耳欲聋。每个人似乎都在同时尖叫。这里没有伦敦那种一成不变、使人昏昏欲睡的忙碌的声音,取而代之的是颠簸声和哭声、叮当声和叫喊声、抽鞭子声和敲钟声。弗勒希东蹦西跳,威尔逊也一样。他俩被迫走上走下人行道二十多次,为了躲避一辆运货马车、一头小公牛、一个士兵部队和一群羊。他感觉自己比过去几年更年轻、更有精神了。他眼花缭乱,兴奋不已,趴在淡红色的地砖上,比在温珀街背面卧室里的枕垫上睡得更沉。

不过，弗勒希很快就意识到比萨——因为比萨正是他们目前的定居地——相较于伦敦更为深刻的不同之处：狗不同。在伦敦，在他小步快跑到邮筒边的一路上，几乎很难不遇上某只哈巴犬、寻回犬、斗牛犬、马士提夫犬、柯利牧羊犬、纽芬兰犬、圣伯纳德犬、猎狐梗犬，或者七大西班牙猎犬家族中的成员。他给每只狗取了不同的名字，为他们划分不同的阶级。然而，在比萨这里，虽然狗的数量繁多，却不分阶级；所有的狗——可能吗？——都是杂种狗。据他所见，这些狗仅仅被分为——灰狗、黄狗、花纹狗、斑点狗；在他们中间是绝不可能找到一只西班牙猎犬、柯利牧羊犬、寻回犬或马士提夫犬的。难道养犬俱乐部在意大利没有管辖权？难道西班牙猎犬俱乐部还不够有名？难道没有制定准则给头顶鼓包判死刑，把蜷曲的耳朵当宝贝，保护毛茸茸的腿，并且百分百绝对坚持眉毛必须呈半圆形而不能有尖头？显然没有。弗勒希感觉自己像是被流放的王子。他是一群下层平民中唯一的贵族。他是整个比萨地区里唯一的纯种科克尔犬。

多年以来，弗勒希一直被教导要把自己当作贵族。关于紫色罐子和链子的准则已经深深沉淀在他的灵魂里。一点也不意外，他失去了平衡。无法责怪一只霍华德犬或卡文迪什犬在与一大群本地狗在土屋里住下后，每当落日余晖穿过彩绘玻璃窗照耀进来时，便不断地回忆起查茨沃斯庄园，怅然思念红地毯和涂有三角饰的长廊。必须承认，弗勒希骨子里有一种势利；米特福德小姐几年前就发现了；他觉得自己独一无二，他在伦敦接触与他平起平坐或高他一等的狗时努力克制住的一种情绪，现在又回到他身上。他变得飞扬跋扈、放肆无礼。"弗勒希俨然成了一位暴君，如果他想要开门而人家又没注意到，他就会对着人家狂吠。"勃朗宁夫人写道。"罗伯特认为，"她继续写道，"这个弗勒希，把他，也就是我的丈夫，看成为某种特殊目的（服侍他）而专门被创造出来的，而且看起来还真像这么一回事。"

"罗伯特""我的丈夫"——要说弗勒希变了，巴雷特小姐也变了。不仅指她现在自称"勃朗宁夫人"，还戴着在阳光下闪闪发光的金戒指。她的变化，跟弗勒希的变化一样大。弗勒希每天听见她叫"罗伯特""我的丈夫"不下五十次,而且总是带着些骄傲的意味,搞得弗勒希颈毛竖起、心怦怦跳。然而,不仅是她在言语上的变化。她完全变了一个人。比如说,她现在不再一边呷着杯底一点点的波尔多红酒,一边抱怨头痛,而是一口干下一杯基安蒂,然后酣然睡去。餐桌上摆放的是一根硕果累累的橘子枝,而非光秃秃、酸溜溜的黄色果实。她不再坐着四轮四座大马车去摄政公园,而是穿上厚靴子,走在石头路上。她不再坐在马车厢里轰隆隆地驶过牛津大街,而是搭乘寒酸的出租马车,一路颠簸着去湖边,欣赏山脉;如果她累了,也不会再扬招一辆马车,而是在石头上观察蜥蜴。她兴高采烈地待在阳光下;她兴高采烈地待在寒冷里。天寒地冻的时候,她把取自杜克森林的松树枝扔到火堆上。他们一起坐在劈啪作响的火苗边,用力地嗅着浓烈的芳香。她永不知厌倦地赞美意大利,将英格兰作为反例。"……我们可怜的英国人,"她尖叫道,"需要学会快乐。他们要在阳光下,而不是在炉火边,改善自己。"在意大利,有阳光所滋生的自由、活力和愉悦。从未见过这里的人打架，也从未听过他们咒骂；从未见过意大利人喝醉；——肖迪奇区的"那些男人的脸"又再次浮现在她眼前。她总是拿比萨和伦敦相比较，说她有多么喜欢比萨。在比萨的街上，漂亮女人可以独来独往；贵妇人会先清空泔水桶，然后"以一种谁都无法视而不见的光彩照人的姿态"上法院。比起温珀街以及街上的红木大门和羊肉肩，比萨以及当地所有的钟、杂种狗、骆驼、松树枝都绝对更优越。因此，勃朗宁夫人每天在干掉一杯基安蒂、从枝条上摘下一只橘子的同时，都要赞美意大利，并为可怜、沉闷、潮湿、缺少阳光、缺少快乐、物价昂贵、传统保守的英格兰感到痛心。

威尔逊，实际上，曾经一度维持她的英式作风。对管家和地下室、大门和窗帘的记忆，并非毫不费力地从她心目中消失。画廊里的"维纳斯下流猥琐，让她深受打击"，她本着良心从画廊里出来，后来在一位朋友的热心帮助下，她被允许在大门口偷偷瞥一眼大公爵法院的荣耀，但她依然忠诚地坚持圣詹姆斯法院高举的荣耀更胜一筹。"那里……跟我们英国法院相比，"她禀告道，"整个儿都非常寒酸。"不过，就在她注目凝视期间，大公爵护卫队里有一位士兵气度不凡的形象吸引了她的目光。她的幻想被点燃；她的判断被动摇；她的标准被颠覆。莉莉·威尔逊与门卫西格诺·里基坠入热恋。[6]

就在勃朗宁太太探索她的新自由、为她的新发现而兴高采烈的同时，弗勒希也有他自己的发现，也在探索他自己的自由。在他们离开比萨之前——1847年春天，他们搬去了佛罗伦萨——弗勒希正视了一个起初令他不安的奇特的真相：养犬俱乐部并没有遍布全世界。他让自己承认这样一个事实：轻微的头顶鼓包不一定是致命缺陷。他相应地修改了自己的准则。他开始遵照——起初有些犹豫——他对犬类社会的新理解行为处事。他一天天地变得越来越民主。甚至在比萨，勃朗宁夫人注意到："他每天都出门，对着小狗们讲意大利语。"现在到了佛罗伦萨，最后一些陈旧的束缚也已经从他身上落掉。有一天，在卡西内公园，解放时刻降临。弗勒希在"如翡翠般的"草坪上奔跑，身边有"一群野鸡活蹦乱飞"，这时他突然想起摄政公园和那里的公告：遛狗必须拴链子。"必须"现在去哪儿啦？链子去哪儿啦？公园管理员和警棍去哪儿啦？消失啦，和虚伪堕落的贵族阶级的偷狗贼、养犬俱乐部、西班牙猎犬俱乐部一起消失啦！和四轮马车、双轮马车一起消失啦！和白教堂、肖迪奇区一起消失啦！他奔啊，跑啊；他毛发飞扬；他目光如炬。他现在成了全世界的朋友。所有狗都是他的兄弟。他在这个新世界里不需要链子；他不需要保护。如果勃朗宁先生迟迟没去散步——现在他和弗勒希成了最好的朋友——弗勒希会大着胆子传唤他。他"摆出最盛气凌人的架势，在他面前吠叫"，勃朗宁夫人气恼地观察到——因为现在她和弗勒希的关系已经不如往日那般情深意切；她不再需要他红色的毛发、明亮的眼睛来填补她人生经历中的空缺；她已经在葡萄园和橄榄树林中找到了自己的潘神；有一天晚上，他也在那里，在燃烧松树枝的火堆边。所以，如果勃朗宁先生慢慢吞吞，弗勒希会站起来吠叫；但如果勃朗宁先生选择待在家里写作，那倒没关系。弗勒希现在独立了。紫藤和金链花在墙上盛开；南欧紫荆在花园里如火焰般绽放；野生郁金香星星点点地散落在田野间。他为什么要等着？他自己跑

第五章　意大利

出去了。他现在成了自己的主宰。"……他自己出门，一去就是好几个小时，"勃朗宁夫人写道，"……熟悉佛罗伦萨的每一条街——对一切事物都有他自己的理解。我从来不会因为他不见了而害怕。"她补充道，微笑着想起在温珀街的痛苦岁月，以及当她在维尔街上忘记拴狗链时，在马脚边伺机掳走他的那伙强盗。在佛罗伦萨，不知害怕为何物；这里没有偷狗贼，同时也没有——她叹了口气——父辈们。

不过，老实说，当卡萨·吉迪宅邸的大门留着没关时，弗勒希蹦蹦跳跳地跑出去，并不是为了凝视绘画，或者潜入漆黑的教堂，仰望湿壁画。而是为了享受某种东西，为了寻找这些年来一直拒绝他的某种东西。爱神维纳斯狩猎的号角曾经在伯克郡平原上吹响它狂野的曲调；他爱过帕特里基先生的狗；她为他生了一个孩子。现在他又听见同样的声音回荡在佛罗伦萨狭窄的街上，而且在经过这些年的沉默后，变得更蛮横、更莽撞。现在弗勒希明白了一件人类永远无法明白的东西——纯粹的爱，简单的爱，完整的爱；无忧无虑的爱；没有羞耻的爱；没有遗憾的爱；来过这里，然后离开，就像一朵花上的蜜蜂来过这里，然后离开。这朵花今天是玫瑰，明天是百合。这会儿是平原上的野蓟，那会儿是温室里长得跟小口袋似的矫揉造作的兰花。如此拈花惹草，如此漫不经心，弗勒希在走廊上拥抱的是长着斑点的西班牙猎犬，也可能是花纹狗和黄狗——无所谓是哪只。对弗勒希而言都一样。号角吹到哪儿，随风飘到哪儿，他就跟到哪儿。爱就是全部；有爱就满足。没有人责怪他胡作非为。每当弗勒希直到深夜或第二天凌晨才回家时，勃朗宁先生只是大笑——"对于一只像他这样尊贵的狗来说，是相当不体面啊"。当弗勒希躺倒在卧室地板上，枕着吉迪家族镶嵌在大理石上的纹章酣睡时，勃朗宁夫人也大笑。

卡萨·吉迪宅邸里的房间都是空荡荡的。所有那些他在隐居禁闭的岁月里被覆盖起来的物品都已经不见了。床就是床；洗手台就是洗手台。每件物品都呈现出本来的面目。会客厅宽敞，零零散散地放着几把乌木雕花的旧椅子。火炉上挂着一面镜子，还有两个捧着灯的丘比特小天使。勃朗宁夫人已经扔掉了她的印度披肩。她戴着一项用她丈夫喜欢的又薄又亮的丝绸制成的帽子。她把头发梳成了新式样。在太阳西沉、拉上百叶窗之后，她穿着白色的薄平纹细布，在阳台上来回踱步。她喜欢坐在那里看着、听着，观察街上的行人。

在他们刚到佛罗伦萨不久，有一天晚上，街上熙熙攘攘、人声鼎沸，他们跑到阳台上去看发生了什么。一大群人从底下冒出来。他们举着横幅，又叫又唱。所有窗户前都挤满了人脸；所有阳台上都挤满了身影。窗户里的人向街上的人投掷鲜花和月桂叶；而街上的人——深沉的男人、快乐的年轻女人——相互亲吻，朝着阳台上的人们举起他们的婴儿。勃朗宁先生和夫人从栏杆上探出身子，一遍遍地拍手。横幅一条接一条地经过。燃烧的火把照亮上面的内容。一条横幅上写着"解放"；另一条上写着"统一意大利"；还有"纪念烈士""皮奥·诺诺万岁""里奥波德二世万岁"——横幅经过持续了三个半小时，人们欢呼，勃朗宁先生和夫人站在点着六根蜡烛的阳台上，一遍遍地挥手。有一段时间里，弗勒希也探着身子，挤在他俩中间，将爪子越过窗台，尽享欢乐。但到最后——他忍不住了——他打起哈欠。"他最终承认,在他看来,这持续得也太久了。"勃朗宁夫人观察到。他因为疲惫、怀疑和粗俗而疯狂。这都是为了什么?他问自己。这位大公爵是谁,他答应了什么?为什么他们兴奋得出奇?——勃朗宁夫人的满腔热情,当横幅经过时她一遍遍地挥手,不知怎么地惹恼了他。他觉得,对一位大公爵付出如此热情,真有点过分。后来,在大公爵路过期间,他注意到有只小狗停在门口。等到勃朗宁夫人更是激动得非比寻常时,他趁机溜出阳台,撒腿跑了。他尾随她,穿过横幅与人群。她越逃越远,直到佛罗伦萨的中心。叫喊声听上去离得很远;人们的欢呼渐渐消失,变得安静。火把的亮光消失了。只有一两颗星星在阿诺河的涟漪中闪耀。弗勒希趴在岸边泥地上一只旧篓子底下,身边陪伴着一只长着斑点的西班牙猎犬。他们陶醉在爱情里,一直趴到太阳升上天空。弗勒希直到次日上午九点才回家,勃朗宁夫人颇具讽刺意味地问候他——他或许至少还记得,她心想,这是她的第一个结婚纪念日。但她认为"他已经心满意足了"。确实如此。当她在四万人的游行中,在大公爵的承诺中,在横幅空洞的口号中寻找到一种难以名状的满足感时，弗勒希毫不犹豫地选择了门口的小狗。

毋庸置疑，勃朗宁夫人和弗勒希在他俩各自的发现之旅中得到了不同的收获——她收获的是一位大公爵，而他则是一只长着斑点的西班牙猎犬；——然而，联结他俩的纽带无疑依然紧密。尽管弗勒希摒弃了"必须"，在卡西内公园如翡翠般的草坪上自由奔跑，周围野鸡扑闪着金红相间的色彩，但与此同时，他还是感觉到一种不自在。又一次，他被掀了个四脚朝天。一开始没什么——只不过一个暗示——仅仅是勃朗宁夫人在1849年春天开始忙着做针线。但是接着，眼前的某些景象让他心里咯噔了一下。她不擅长缝纫。他注意到威尔逊搬来一张床，并打开抽屉，往里面铺上白布。弗勒希从淡红色地砖上抬起头，专心致志地倾听和观察。又要发生什么了？他焦急地寻找大衣箱和打包的迹象。难道又要逃跑，又要逃走？可是从哪里逃走，又要逃去哪里呢？在这里没有什么可怕的，他安慰勃朗宁夫人。在佛罗伦萨，他俩谁都不用担心泰勒先生和装在牛皮纸包裹里的狗头。他依然大惑不解。变化的迹象，据他解读，并没有指向逃走。而是更神秘地指向一种期待。当他看着勃朗宁夫人如此悠然自得、如此安静沉稳地坐在矮椅上做针线时，他感觉到某种难免却又可怕的东西即将到来。随着时间一周周地过去，勃朗宁夫人几乎不再出门。她坐在那里，似乎在期待某个重大事件。难道她将遇见某人，跟泰勒一样的暴徒，让她孤立无援地遭受一顿暴打？想到这一点，弗勒希害怕地打了个哆嗦。她肯定没打算逃跑。没有整理好的行李箱。没有迹象表明有人将离开这幢房子——倒更像是有人要来。在一种充满猜忌的焦虑中，弗勒希仔细审视每一位新来者。现在来访的人很多——有布拉格登小姐、兰多先生、哈蒂·霍斯莫、林顿先生——众多女士和先生来到卡萨·吉迪宅邸。一天又一天，勃朗宁夫人坐在扶手椅上安静地做针线。

三月初的某一天，勃朗宁夫人完全没有出现在客厅。其他人进进出出；勃朗宁先生和威尔逊进进出出；他们心事重重地进进出出，吓得弗勒希躲进沙发底下。他们踩着楼梯上上下下，到处奔跑，彼此窃窃私语，用一种陌生的低压压的声音说话。他们在楼上的卧室里走来走去。他在沙发投下的阴影中一点点地匍匐前进。他身上的每根汗毛都清楚地知道某种变化正在发生——某件可怕的事情正在展开。正如他几年前等待楼梯上传来风帽男的脚步声。门终于打开了，巴雷特小姐大喊一声："勃朗宁先生！"现在来的又会是谁呢？是哪个风帽男呢？随着这一天慢慢过去，他已经被彻底遗忘了；没有人进入会客厅。他趴在会客厅里，没有吃的喝的；可能已经有过一千只长着斑点的西班牙猎犬在门口嗅了嗅，而他却往相反的方向退缩了。随着时间的推移，他越来越不可抑制地感觉到，外面有某个东西正在挤进这幢屋子。他从窗帘的荷叶边底下往外偷看。捧着灯的丘比特、乌檀木箱子和法国椅，看起来都被挤裂了；他感觉自己被推到墙边，为了给某个他看不见的东西腾出空间。有一次，他看到勃朗宁先生，但他已经不是原来那个勃朗宁先生；有一次他看见威尔逊，但她也变了——好像他们都看见了他所察觉到的那个隐形的存在。他们的眼睛里有一种难以名状的严肃。

最终，威尔逊——脸色通红、不修边幅，但洋溢着凯旋的喜悦——把他抱在怀里，带到楼上。他们进入卧室。

昏暗的房间里传来一阵轻微的嘤嘤声——枕垫上有个东西正在挥舞手臂。是一只活生生的动物。勃朗宁夫人完全不依靠他人,都没有打开沿街大门,仅凭一己之力,就在这间卧室里,将自己从一个变成了两个。这个可怕的东西在她身边挥舞手臂,发出喵喵的叫声。苦于无法隐瞒的愤怒、嫉妒和某种深层的厌恶,弗勒希挣脱开来,直冲到楼下。威尔逊和勃朗宁夫人叫他回来;她们用爱抚引诱他;她们给他美味的小零食;但都没用。那恶心的景象、讨厌的存在,使他退缩到随便哪里,只要有沙发投下的阴影或黑暗的角落。"……连续两个星期,他都陷在悲痛里,拒绝一切倾注在他身上的关怀"——正为其他种种事务分神的勃朗宁夫人,被迫注意到这一点。如果我们按照狗的感受来理解人类的时分秒,一分钟扩大成一小时,一小时扩大成一整天,那么我们能毫不夸张地得出结论,弗勒希的"悲痛"持续了相当于人类时间的整整六个月。换作很多人类的男男女女,或许都用不着这么长时间,就已经将一段爱恨情仇抛诸脑后了。

但弗勒希再也不是温珀街岁月里那只没有教养、未经驯化的狗了。他吸取了教训。他挨过威尔逊的揍。他被迫吞下不新鲜的蛋糕，而原本他是可以趁新鲜时品尝的；他已经发过誓要爱他们，而不是咬他们。当他趴在沙发底下时，这一切在他的心里剧烈翻滚；最终，他爬了出来。又一次，他得到嘉赏。必须承认，起初，这嘉赏就算不那么讨厌，至少也没什么实质意义。弗勒希背上骑着婴儿，婴儿扯他的耳朵，而他必须一路小跑。但他颇有风度地表现出顺从，只有当耳朵被拉扯时，才会转过头来，"亲吻这没穿鞋袜的、有着浅浅凹陷的小脚丫子"，不出三个月，这个虚弱无助、哭哭啼啼的小肉团不知怎么地就已经喜欢上了他，"总的来说"——勃朗宁夫人对外人说道。此后，非常奇怪的是，弗勒希发现自己也反过来喜欢上了婴儿。他们之间有很多共同点，不是吗？——婴儿不知怎么地在很多方面模仿弗勒希，不是吗？他们有着共同的观点、共同的品味，不是吗？比如说，关于风景。对弗勒希而言，所有风景都是枯燥乏味的。这些年里，他从未学会将目光集中在高山上。他们带他去瓦隆布罗萨，那里所有雄伟壮观的树木只让他感到无聊。如今，在婴儿几个月大后，他们坐上旅行马车，又开展了一次长途考察。婴儿躺在保姆的大腿上；弗勒希则坐在勃朗宁夫人的膝头。马车一直走啊走，费力地爬上亚平宁山脉的高地。勃朗宁夫人高兴得忘乎所以。她几乎无法让自己离开车窗边。她寻遍整个英语词库，也没有足够的词语用来表达她的感受。"……亚平宁山脉有着精美绝伦、几近异象的风景，每一座山都形态各异，五彩斑斓，一步一景，千姿百态，充满生命力，栗树林因自身的重量而垂入深谷，奔涌的湍流劈开或撕扯岩石，还有那些山丘，层峦叠嶂，仿佛全凭它们自己的力量，堆叠出巨大的存在感，并在这种努力中改变着颜色"——亚平宁山脉之美创造出丰富的词汇，它们在彼此激烈的碰撞中应运而生。但对于这种刺激和语言上的匮乏，婴儿和弗勒希却丝毫不为所动。他俩都一声不吭。弗勒希"把脑袋从车窗边移开，不认为有什么值得一看……他对树木、山丘和其他类似的东西都深恶痛绝"，勃朗宁夫人总结道。马车隆隆前行。弗勒希在睡觉，婴儿也在睡觉。最后，车窗前有灯光、房舍和男人女人经过。他们来到了一个村落。一瞬间，弗勒希集中所有注意力。

第五章 意大利

"……他的眼睛急不可耐地从脸上瞪出来;他东看看、西瞧瞧,你会以为他在记录或者为记录做准备。是人类的场景让他心潮澎湃。若要让美触碰弗勒希的感官,则必须让美——至少看起来如此——变成一种绿色或紫色的粉末结晶,通过某种天上的注射器,推入他鼻孔后方的流苏状管道;然后,并非通过任何语言,而是通过一阵无声的狂喜抒发出来。他闻到了勃朗宁夫人看到的;他拼命地嗅着她写下的。

写到这里,这部传记的作者被迫临时搁笔。两三千个词语不抵眼前所见——勃朗宁夫人不得不承认自己输给了亚平宁山脉;"关于这方面,我无法为你提供任何想象。"她承认道——只有不超过两个词,或许是一个半,来形容我们闻到的气味。人类的鼻子实属不存在。世界上最伟大的诗人除了一只手上的玫瑰,和另一只手上的粪便,其他什么也闻不到。两者间无穷无尽的层次变化没有被记录下来。而弗勒希几乎是活在嗅觉的世界里。爱主要是气味;形状和颜色是气味;音乐和建筑、法律、政治和科学也是气味。对他而言,信仰本身是气味。我们没有能力描绘日常里的排骨和饼干带给他的最朴素的体验。就连斯文伯恩①先生也说不出在六月里某个夏日炎炎的午后温珀街上的气味对弗勒希而言意味着什么。要描绘一只西班牙猎犬的气味,并掺杂着火把、月桂树、焚香、横幅、蜡烛,以及被一只曾经放入樟脑丸保存的缎面高跟鞋踩烂的玫瑰叶花环的气味,或许只有莎士比亚才能做到,只要他在写作《安东尼与克莉奥佩特拉》的中途搁笔——但莎士比亚没有搁笔。承认我们的不足,然后我们就能注意到,对弗勒希而言,意大利,在他生命中最完整、最自由、最幸福的这几年里,主要是指一连串的气味。爱情,不可否认,渐渐失去吸引力。但气味留存。如今,他们已经在卡萨·吉迪宅邸定居下来,有了各自的爱好。勃朗宁先生习惯在一个房间里写作,勃朗宁夫人习惯在另一个。婴儿在育儿室里玩耍。而弗勒希则溜达到佛罗伦萨的街上,享受气味所带来的心醉神迷。他循着气味,在主街和后街上穿行,穿过广场和小巷。他一路上从一种气味闻到另一种气

---

① Algernon Charles Swinburne(1837—1909),英国诗人、文学评论家。

味；粗糙的，光滑的，灰暗的，金灿灿的。他进进出出，上上下下，在那里人们演奏铜管乐器，在那里人们烘焙面包，在那里女人坐着梳理长发，在那里鸟笼在堤道上被高高堆起，在那里不小心洒落的红酒在人行道上留下暗红色污迹，在那里闻得到皮革的气味，还有马具和大蒜，在那里人们拍打布匹，在那里葡萄藤叶微微摇晃，男人们坐着喝酒、吐唾沫、掷骰子——他跑进跑出，总把鼻子贴着地面，在精粹中畅饮；或者将鼻子举在空中，随着芳香颤动。他睡在一小块被太阳晒热的地面上——太阳怎么把石头晒那么臭！他找到那条阴凉的隧道——阴凉怎么让石头闻起来那么酸！他狼吞虎咽地吃着一串又一串熟葡萄，因为它们散发的紫色气味；无论那些意大利主妇从阳台上扔下怎样难啃的山羊骨或通心粉，他都一律嚼嚼吐吐。山羊和通心粉都散发出粗糙的气味、绯红色的气味。他跟随焚香所散发的醉人的甜蜜气味，进入黑暗大教堂紫罗兰色的迷宫里；并且抽动鼻子细闻，想要舔食彩色玻璃墓穴上的黄金。并不是说他的触觉远不如嗅觉精准。他熟悉佛罗伦萨大理石的光滑，以及沙砾的粗糙和鹅卵石的凹凸不平。层层叠叠的老布匹、光滑的石雕手指和脚，都感受过他舌头的舔舐和不停哆嗦的鼻子的颤动。他在他无限敏感的脚垫上，清晰地盖上伟大庄严的拉丁文刻印。总而言之，他比任何一个人类都更了解佛罗伦萨；连罗斯金都不如他，乔治·艾略特也一样。只有聋哑人能与他媲美。他有着无数种感知能力，其中任何一种都不曾屈服于语言的畸形。

虽然本传记作者很乐意去推测，弗勒希的中年生活是一场超越一切形容的愉悦的狂欢；去坚持认为，相比一天天地掌握新词语，以致感知力越来越触不可及的婴儿，弗勒希命中注定将永远留在天堂，在那里精粹以至真至纯的形式存在，事物赤裸的灵魂紧贴赤裸的神经——但事实并非如此。弗勒希没有生活在这样的天堂。只有遨游星际的神灵，以及最远曾经飞越北极雪或热带雨林、从没见过人类屋舍及其袅袅炊烟的鸟儿，据我们所知，或许才有可能享受这种赦免、这种完整无缺的恩赐。然而，弗勒希曾经趴在人类的膝头，听过人类的嗓音。他的静脉里流淌着人类的热情；他了解不同程度的嫉妒、愤怒和绝望。眼下正

第五章　意大利　117

值夏日,他深受跳蚤之扰。[7]像是一种残忍的讽刺,太阳在让葡萄成熟的同时也带来了跳蚤。"……发生在佛罗伦萨当地的萨伏那洛拉殉教事件,"勃朗宁夫人写道,"也几乎不比弗勒希在夏天的遭遇更惨烈。"跳蚤在佛罗伦萨家家户户的各个角落里跳跃滋生;它们从每一块老石头的缝隙里,从每一条旧壁毯里,从每一件斗篷、每一顶帽子和每一条毛毯里跳出来。它们栖息在弗勒希的毛发里。它们啃咬进他皮毛的最深处。他又抓又挠。他的健康受到摧残;他变得闷闷不乐,消瘦不安。米特福德小姐收到了诉苦状。有什么好法子,勃朗宁夫人忧心忡忡地写道,能用来对付跳蚤吗?依然坐在位于三英里十字村的温室里,依然在创作悲剧的米特福德小姐放下笔,查阅她的老秘方——五月花治什么,玫瑰花蕾治什么。但雷丁的跳蚤不堪一击。佛罗伦萨的跳蚤精力充沛、热血沸腾。米特福德小姐的粉剂对它们根本起不了作用。在绝望的心情下,勃朗宁先生和夫人俯身跪在一桶水边,拼尽全力,想用肥皂和刷子驱走讨厌的臭虫。不过是徒劳而已。最终,有一天,勃朗宁先生带着弗勒希散步时,注意到有人在指指点点；他听到一个男人把手指放在鼻子上，轻声说道："La rogna（兽疥癣）。"当时"罗伯特对弗勒希的喜爱程度已经不亚于我"，因此，在午后散步途中，听到与他朋友结伴遭受侮辱，是不堪忍受的。罗伯特，他的妻子写道，"忍无可忍"。只剩下唯一的办法了，但这个办法几乎同疾病本身一样充满戏剧性。虽然民主主义者弗勒希已经变了，变得无所谓阶级标志，但他依然保留着菲利普·西德尼对他的称呼：一位天生的绅士。他身上披着他的血统。他的毛发之于他，跟一块刻着家族纹章的金表之于一位落魄乡绅——他原本广袤的领土已经缩成了那单独一片小小的圈地——具有同等的意义。而勃朗宁先生眼下意欲牺牲掉的，正是这身毛发。他把弗勒希叫到身边，"拿来一把剪刀，把他从头到尾剃成了狮子的模样"。

当罗伯特·勃朗宁的剪刀快速飞舞时，当一只可卡犬的标记落到地上时，当他的耳边响起对一只大变样的动物的嘲弄时，弗勒希感觉自己越来越虚弱、越来越低贱、越来越羞愧。他凝视着镜子，心想：我现在是什么？而镜子以镜子所特有的无情的诚实回答道："你什么都不是。"他成了无名之辈。他肯定不再是一只可卡犬。他凝视自己的耳朵,现在不但秃了,还不卷了,看起来像是在抽搐。就好像"现实"与"嘲笑"这两个威力无穷的精灵正朝着他耳内低语。什么都不是——说到底,这不正是世界上最令人满意的状态吗?他又看了看。他的颈毛。讽刺那些自称大人物者的华丽浮夸——不也是一项别具一格的事业吗?不管怎样,他尽其所能解决问题。可以肯定的是他不必再为跳蚤烦恼了。他抖了抖颈毛。他舞动他光秃秃的细腿。他神采奕奕。就好像一位大美人,从病床上坐起,发现自己从此娇颜不再,便将衣服和美容品付之一炬,一边开心地笑着,一边心想:她再也无需照镜子,再也无需畏惧情人的冷淡或情敌的美艳。也好像一位神职人员,曾经被束缚在上过浆的绒面呢教袍里长达二十年,他把领圈扔进垃圾桶,从架子上一把抓下伏尔泰的作品。弗勒希蹦蹦跳跳,虽然从头到尾剃成了狮子,但不再为跳蚤烦恼。"弗勒希,"勃朗宁夫人对她的妹妹写道,"很聪明。"她也许想到那句希腊谚语:"痛苦乃抵达快乐之唯一途径。"失去了毛发却不再为跳蚤烦恼的他,是一位真正的哲学家。

然而，弗勒希此番获得的智慧，没让他等多久，便又经受了一次考验。1852年的夏天，卡萨·吉迪宅邸里再次出现危机降临的迹象，随着每一次打开抽屉、每一次将细绳挂在箱子上，迹象无声无息地聚积，之于一只狗，如同预告闪电的云朵之于牧羊人，战争的流言之于国家领导人一样凶险。它表明又将有一场变化、一次旅程。好吧，会是怎样的呢？行李箱被拖出来捆在一起。婴儿被保姆抱出来。勃朗宁先生和夫人出现了，为旅行穿戴整齐。门口有一辆马车。弗勒希泰然自若地等在前厅。等他们准备好了，他也准备好了。既然他们都已经坐在马车里，弗勒希也轻轻一跃，跟着他们上了车。去威尼斯，去罗马，去巴黎——他们要去哪里呢？现在对他而言，所有国家都一样。所有人都是他的兄弟。他已经学会了那一课。然而，当他最终从一团混沌中爬出来后，发现一件即便动用自己全部智慧也意想不到的事情发生了——他又回到了伦敦！

狭窄的大道由整齐的砖块铺就而成，房屋在左右两侧延展开来。他脚下的人行道冰冷、坚硬。从一扇镶有铜把手的红木大门里，走出一位女士，雍容华贵地穿着一件紫色长毛绒晚礼服。头发上戴着一个轻巧的花冠，缀着星星点点的花朵。她一边收拢裙摆，一边用傲慢的眼神上上下下地打量街道，这时一位脚夫弯着腰，放下四轮大马车的台阶。整条维尔贝克街——因为这里是维尔贝克街——都被笼罩在一片壮丽的红光中——这灯光不如意大利的灯光那般澄澈耀眼，而是呈现出黄褐色，归咎于数以百万计的车轮所扬起的灰尘，以及数以百万计的马蹄的踩踏。伦敦此时季节正浓。一片如尘烟般缭绕的声响，一团熙熙攘攘的喧闹，汇合成一股低沉的咆哮，落在城市上方。一头威严的猎鹿犬被男孩手中的链条牵引着跑上前来。一位警察踩着有节奏感的步伐，用他公牛般的眼睛左右扫视。炖菜的香味、牛肉的香味、肉汁的香味、牛肉卷心菜的香味从数以千计的地下室里飘出。一个穿着制服的小卒将一封信扔进信箱。

弗勒希叹服于大都会的繁华，把一只脚放在门阶上，停了一会儿。威尔逊也停了下来。现在看来，意大利的文明发展、法庭和革命、大公爵及其护送队，是多么微不足道啊！当警察路过身边时，她感谢上帝，毕竟她没有嫁给西格诺·里基。接着，从街角的酒吧里走出一个邪恶的身影。一个男人不怀好意地看着他。弗勒希一跃而起，冲进屋里。

在接下来的几个星期里，它被寸步不离地禁闭在维尔贝克街上一间宿舍的起居室里。因为依然有必要关禁闭。霍乱来了，霍乱在一定程度上改善了秃鼻乌鸦栖息林的状况，此话不假；但还不够，因为依然有人在偷狗，温珀街上的狗依然必须拴上链子。弗勒希迈入了交际圈，这是当然的。他在邮筒边和酒吧外与其他狗碰面；他们以作为同等阶级天生良好的教养欢迎他回来。就好像他是个一辈子都居住在东方、感染了当地人习俗的英国人——确实有传言透露他已经变成了穆斯林，还跟一个中国洗衣妇生了个儿子——当他在宫廷获得席位之后，发现那些老朋友早已做好了充足的准备，不计较他的这些异端行为，还邀请他去查茨沃斯庄园，绝口不提他的夫人，并且理所当然地认为他会参加家族祷告会。温珀街上的指示犬和塞特猎犬也欢迎弗勒希的加入，不计较他的毛发状况。但现在，在弗勒希看来，这些伦敦狗中间有一种确凿的病态。众所周知，卡里尔夫人的狗尼罗曾经从顶楼窗口一跃而下[8]，想要自杀。据说是因为他感到切恩街上的生活压力难以忍受。弗勒希在回到维尔贝克街之后，开始对这一点深信不疑。长时间的禁闭，一堆鸡零狗碎，晚上有蟑螂，白天有绿头苍蝇，到处飘散着羊肉的膻臭味，餐边柜上香蕉永远不会缺席——所有这些，加上那些盛装打扮、不常洗澡甚至从没真正洗过澡的男男女女与他摩肩接踵，造成他脾气暴躁、神经紧张。他在宿舍的小衣橱底下一连趴了好几个小时。出门是不可能的。大门永远上着锁。他必须等着别人给他拴上链子，把他牵出去。

后来发生的仅仅两件事，便打破了他这几周逗留伦敦的沉闷单调。盛夏里的某天，勃朗宁夫妇前去拜访居住在法纳姆的查尔斯·金斯利神父。在意大利，泥地都是光秃秃的，硬如磐石。跳蚤肆虐。人们没精打采地拖着步伐，躲进阴影里，哪怕是多纳泰罗[①]的雕像高举手臂所投下的

[①] Donatello(1386? —1466)，意大利文艺复兴初期佛罗伦萨雕塑家。

长条形阴影，他们都感激不尽。然而，在法纳姆这里，到处都是青青草场，碧波荡漾，树林里发出阵阵低语，绿草如茵，爪子触碰上去会弹跳起来。勃朗宁夫妇和金斯利夫妇在一起度过了一整天。当弗勒希跟在他们身后小步快跑时，古老的号角再次吹响；昔日的迷醉再次归来——是野兔还是狐狸？弗勒希在萨里郡的灌木丛中狂奔，因为自从三英里十字村的旧时光过后，他就再也没有奔跑过。一只野鸡在一片紫金混杂的色彩中一飞冲天。就在他几乎快要咬住野鸡的尾翎时，一个人的声音响起。一声鞭响。是查尔斯·金斯利神父在厉声呼唤他回到身边吗？无论如何，他不再奔跑。法纳姆的树林受到严格保护。

几天后，当他趴在维尔贝克街上的客厅里时，穿戴整齐准备散步的勃朗宁夫人把他从小衣橱下面叫出来。她把项圈套在他的脖子上，自从 1846 年 9 月以来，他们第一次一起走上温珀街。当他们走到 50 号门前时，他们跟当年一样停下脚步。跟当年一样只是等待着。管家也跟当年一样慢条斯理地前来。过了很久，门开了。蹲伏在门垫上的会不会是卡特里纳？这只掉了牙齿的老狗正在打哈欠、伸懒腰，没有丝毫在意。他们蹑手蹑脚、安静无声地爬到楼上，就跟当年那次下楼一样。勃朗宁夫人非常安静地打开门，好像害怕可能会在那里见到的景象。她从一个房间走到另一个房间。她查看周围，心中突如其来一阵惆怅。"……它们在我眼里，"她写道，"不知怎么地，变得又小又暗，家具看起来别别扭扭的，也不好使。"常春藤依然拍打着背面的卧室的玻璃窗。印花窗帘依然让那些房屋显得朦朦胧胧。什么也没有变。这些年来什么也没有发生。她从一个房间走到另一个房间，伤心地回忆。然而，远在她还未结束查看前，弗勒希就已经身处一阵焦虑的狂热中。万一巴雷特先生进来发现他们，怎么办？万一他皱了皱眉头，转动钥匙，把他们永远锁在这间背面的卧室里，怎么办？终于，勃朗宁夫人关上门，再一次非常安静地走下楼。是的，她说，在她看来这房子需要打扫卫生了。

自那以后，弗勒希心中只剩下一个愿望——永远离开伦敦，离开英格兰。直到发现自己正在开往法国的海峡汽轮甲板上，他才不再闷闷不乐。这一路上波涛汹涌。经过八个小时才渡过海峡。汽轮摇晃颠簸，弗勒希翻来滚去，昔日的种种回忆在他心中交织——关于穿着紫色长毛绒的女士、拿着袋子的衣衫褴褛的男人；关于摄政公园，以及带着护卫队、声势浩大地从面前经过的维多利亚女王；关于英国草坪的碧绿和英国人行道的恶臭——他躺在甲板上，所有这些回忆在他心中掠过；他抬起头，看见一位高大威严的男士倚靠在栏杆上。

"卡里尔先生！"他听到勃朗宁夫人喊道；接着——难以忘记，这是一次糟糕的航海旅行——弗勒希剧烈地晕船了。水手们拿着木桶和拖把跑过来。"……他被专门赶下甲板，可怜的狗。"勃朗宁夫人说道。这甲板依然是英国式的，禁止狗在甲板上晕船。这就是他对祖国海岸的最后的致意。

第六章 尾　声

如今，弗勒希正在逐渐变成一只老狗。英格兰之旅及其引发的所有回忆无疑令他筋疲力尽。人们发现他在回来路上躲避阳光，寻找阴影，尽管在佛罗伦萨的阴影里比在温珀街上的阳光底下还要炎热。在雕塑下伸懒腰，在喷泉边沿平躺，为了享受水珠时不时地溅在毛发上，他可以趴着打盹一小时。一些小狗来到他的身边。他会对他们讲述白教堂和温珀街的故事；他会对他们描绘三叶草的气味和牛津街的气味；他会对他们重复记忆中的一次又一次革命——大公爵是如何来的，大公爵又是如何走的；可是左边走廊里那只长着斑点的西班牙猎犬——她却永远走了，他会说。接着，粗暴的兰多先生匆匆走过，冲着他挥拳，假装怒气冲冲；好心的伊萨·布拉格登小姐停下脚步，从她的收口拎包里取出甜饼干。市场里的农妇们在篮筐投下的阴影里为他用树叶铺了一张床，还时不时地扔给他一串葡萄。他已经被整个佛罗伦萨所认识、所喜爱——无论是温柔的还是单纯的，无论是狗还是人。

但是如今，他正在逐渐变成一只老狗。他越来越喜欢趴着，连喷泉也不去了——因为鹅卵石对他这把老骨头来说太硬了——他改成在勃朗宁夫人的卧室里铺着吉迪家族纹章图案的那一片光滑的仿云石地砖上，或是在会客厅，在会客厅桌子投下的阴影里。在他从伦敦回来后不久的某天，他在那块地方伸伸懒腰，很快睡着了。年迈者无梦的酣睡沉沉地压在他身上。实际上，他今天的睡眠甚至比平时更深，因为在他睡觉的时候，围绕在他身边的黑暗似乎变得愈发浓重。如果他做梦，会梦见自己睡在远古森林的腹地，隔绝太阳的光芒，隔绝人类的声音，虽然有时候，他也会在睡觉的时候梦见自己听见沉睡中的鸟儿发出困倦的啁啾，或者风吹树枝，神秘的猴子发出悦耳的窃笑。

接着转瞬间，树杈分开。阳光照射进来——这里，那里，令人目眩的一道道光芒。猴子唧唧叫；鸟儿起身呼喊，大声发出警告。他猛地一跳，清醒过来。身边完全被惊人的喧闹围绕。他刚才在一间普通会客厅里睡着了，被夹在光溜溜的腿中间。而此刻，他被摇曳的裙摆和晃动的裤边团团围住。还有桌子本身，也猛烈地从一边倾斜到另一边。他不知道该往哪边跑。到底在发生什么？会客厅里的桌子究竟中了哪门子的邪？他提高嗓门，发出一声困惑的长啸。

关于弗勒希的问题，在此无法给出令人满意的答案，能够提供的只有一些最不加修饰的事实真相。简单说来是这样的，十九世纪初，布莱辛顿女公爵从一位魔术师手中买下了一个水晶球。这位夫人"一直没弄明白如何使用它"；实际上，她始终没能从这个球里看出任何除水晶以外的东西。然而，在她死后，她的财产被出售，水晶球转到了另一个人手中，那个人"看得更深，或因为有一双更纯净无瑕的眼睛"，他看见了除水晶以外的其他东西。没有任何记载表明，斯坦诺普勋爵是否就是那位买主，他是否就是那个"有一双更纯净无瑕的眼睛"的人。但可以肯定的是，1852年，斯坦诺普勋爵正是这个水晶球的拥有者，而且斯坦诺普勋爵只要往水晶球里看，就能在其他纷杂的事物中看见"太阳精灵"。显然，作为一名热情慷慨的贵族，不该将所见所闻占为己有，于是斯坦诺普勋爵隔三岔五地便在午宴上展出他的水晶球，并邀请朋友们也来一睹"太阳精灵"。这在镜像中，有某种莫名地令人愉悦的东西——但对乔利先生不管用；水晶球掀起了一阵狂热；但幸运的是，一位伦敦的光学仪器商很快发现，他就算不是埃及人或魔术师，也能制造水晶球，尽管英国水晶球的价格自然是相当昂贵。因此，许多人在五十年代初也开始拥有水晶球，但是，"有不少人"，斯坦诺普勋爵说道，"虽然使用了水晶球，却不讲道义，不肯承认这一点"。精灵之说在伦敦真正地盛行开来，如此引人注目，以至于让人体会到某种危机感；斯坦诺普勋爵向爱德华·林顿爵士提议："政府应委派调查委员会，尽可能查明真相。"不知是政府委员会即将成立的传言警告了精灵，还是精灵也跟肉体一样，在密闭的空间中容易大量繁殖，毫无疑问，精灵开始发出焦躁不安的信号，并且，大批逃离，逃到桌脚里居住下来。无论出于何种动机，措施大获成功。水晶球价格昂贵；但桌子几乎人人都有。当勃朗宁夫人在1852年冬天回到意大利时，她发现精灵已经先她一步。佛罗伦萨的桌子几乎全被感染了。"从使节团到英国药剂师,"她写道,"人们都在'服侍桌子'……到处都是这样。人们聚在桌子旁,不是为了玩惠斯特牌。"不是,而是为了破译桌腿传达的讯息。当被问到小孩的年纪,桌子"会聪明地按字母表敲打桌腿,以此给出自己的答案"。如果桌子可以告诉你,你的孩子已经四岁了,那它们还有什么是办不到的?商店在叫卖旋转桌。墙上张贴着有关奇迹的宣传广告:"利沃诺的新发现"(*scoperte a livorno*)。到了1854年,活动开始迅速传播开来,"已经有四十万美国家庭实名宣称……在精神互动中获得了真正的乐趣"。从英国传来消息,爱德华·布尔维·林顿爵士将"若干美国敲桌精灵"引进内布沃思,取得令人满意的结果——对此一无所知的阿瑟·罗素在吃早餐时,看见一个"穿着褴褛的晨袍、相貌诡异的老绅士"正盯着他看——原来是爱德华·布尔维·林顿爵士以为自己已经是隐形人。[9]

当勃朗宁夫人在午宴上第一次往斯坦诺普勋爵的水晶球里看时,她什么也没看见——但确实认为它是一个反映时代的卓越标志。太阳精灵甚至告诉她,她打算去罗马;但由于她并不打算去罗马,她反驳了太阳精灵。"但是,"她坦白地补充道,"我确实喜欢这了不起的想法。"没了冒险精神,她什么都不是。她曾经冒着生命危险前往曼宁街。她曾经在离开温珀街不到一小时车程的地方,发现一个她做梦都没想到过的世界。在从佛罗伦萨起飞一小会儿就能到达的地方,为什么不能有另一个世界呢?——一个更好的世界,一个更美的世界,死者居住在那里,徒劳地想要触及我们。无论如何,她要冒这个险。于是她让自己也在桌边坐下。而林顿先生——那位隐形人父亲的聪明儿子——来了;还有弗雷德里克·丁尼生、鲍尔斯先生和M.维拉利——他们都坐在桌边,在桌子敲打完毕后,继续坐着喝茶,吃草莓加奶油。"佛罗伦萨消散在丘陵的绯红色中,群星照耀,"他们一直说啊说,"……我们讲着多么伟大的故事,我们朝着多么伟大的奇迹发誓!哦,伊莎,我们这里全是信徒,除了罗伯特……"可卡普先生突然冲进来,他留着暗淡的白胡子,耳朵已经听不见了。他来这里只为了高喊:"存在一个精灵的世界——存在一个未来的国度。我承认。我终于被说服了！"可卡普先生向来坚信自己是个"几近彻底的无神论者"。他改变想法只因为：他明明耳聋，竟然听见了"三声如此响亮的敲打，把他吓了一跳"。在这种情形下，勃朗宁夫人怎么可能还对桌子无动于衷呢？"你知道，我是一个多么爱幻想的人，我想要敲遍这世上所有的门，试着出去。"她写道。于是，她把信徒召唤到卡萨·吉迪宅邸；他们坐在桌边，双手放在桌子上，试着出去。

弗勒希惊恐万分地跳起来。裙子和裤子将他团团围住；桌子仅凭一条腿站立。但无论围绕在桌边的女士们和先生们听见什么、看见什么，弗勒希都什么也没听见、什么也没看见。没错，这张桌子确实仅凭一条腿站立，但只要你稳稳地靠住一边，任何桌子都可以做到。他曾经弄翻过桌子，挨了一顿臭骂。但此时此刻，勃朗宁夫人紧紧地瞪着她的大眼睛，好像看见外面有某种奇迹般的东西。弗勒希冲到阳台上往下看。难道又有一位大公爵举着横幅和火把驾车经过？弗勒希什么也没看见，除了一个老女人乞丐蹲在街角，面前放着一篮子西瓜。但是，显然勃朗宁夫人看见了什么；显然她看见了某件非常了不起的东西。就跟过去在温珀街的那次一样，当时她在他不明就里的情形下哭了，但后来又举着一张黑乎乎的涂鸦笑了。只是这次有所不同。她的表情中有某种令他害怕的东西。房间里有某个东西，或许在桌上，或许在短裙和裤子里，令他极其厌恶。

时间一周周地过去，勃朗宁夫人对隐形的执念越来越深。遇到晴朗炎热的天气，她不再观察蜥蜴在石头间爬进爬出，而是坐在桌边；遇到满天繁星、黑暗的夜晚，她也不再读书或在纸上来来回回地写字，而是把威尔逊叫来——如果勃朗宁先生外出了——威尔逊会哈欠连天地来到她面前。接着她们一起坐在桌边，直到这件家具——它的主要功能其实是投下阴影——开始踢打地板，勃朗宁夫人便会惊叫道，这是在告诉威尔逊她快要生病了。威尔逊回答说她只是困了。但没过多久，就连威尔逊她自己，这个固执己见、正直规矩、英国作风强硬的人，也开始尖叫，几乎要晕倒。勃朗宁夫人到处跑来跑去，寻找"卫生醋"。对弗勒希而言，以这种方式度过一个宁静的夜晚，是非常不适的。坐着读本书会好得多。

毫无疑问,这些悬念、无以名状的难闻气味,踢打、尖叫,以及卫生醋,都在刺激弗勒希的神经。小婴儿佩尼尼祈祷"弗勒希的毛发能再长出来",这是完全正常的;是弗勒希能够理解的一种渴望。但这种形式的祈祷——要求那些气味邪恶、外表肮脏的男人在场;明明只是一块坚硬的红木,却要让它做出滑稽可笑的举动——激怒了他,他发怒的程度不亚于那个健壮敏感、衣着得体的男人,即他的男主人。然而,比任何气味、比任何滑稽可笑的举动,都更让弗勒希受不了的,是勃朗宁夫人注视窗外时脸上的表情,她仿佛看见了某件了不起的东西,可实际上那里什么也没有。弗勒希让自己站在她面前。她的目光穿过他,好像他不在那里似的。那是她对他最冷酷的眼神。远比他咬勃朗宁先生的腿时,她对他冷漠的愤怒更糟糕;远比他的爪子在摄政公园被门夹到时,她对他轻蔑的大笑更糟糕。他确实时而怀念起温珀街和那里的那些桌子。50号房屋里的那些桌子从来不会单凭一条腿站立。那张摆放她的奇珍异宝的小桌子,永远稳扎稳打地站着。在那些遥远的岁月里,他只需跳上沙发,巴雷特小姐就会大惊失色,警觉地看着他。如今,他再次跳上沙发。她却没有注意到他。她在写作。她没有关注他。她继续写作——"还有一次,在灵媒的要求下,精灵之手从桌上拿起一个原本放在那里的花冠,戴到我的头上。完成此举的这只不同寻常的手,尺寸在人类里数一数二,洁白如雪,非常美丽。它离我很近,就跟我写字的这只手一样近,我把它看得一清二楚。"弗勒希拼命挠她。她的目光穿过他,就好像他是透明的。他从沙发上跳下来,跑到楼下大街上。

这是一个十分炎热的午后。街角卖瓜的老女人乞丐已经耷拉着脑袋睡着了。太阳仿佛在天空中嗡嗡作响。弗勒希始终走在大街有阴影的一边,沿着熟悉的路线来到集市上。整个广场热闹非凡,到处都是遮阳篷、售货摊和鲜艳的阳伞。集市上的女人们坐在水果筐边;鸽子扑棱翅膀,钟声叮叮当当,鞭子阵阵抽打。佛罗伦萨五颜六色的杂种狗跑进跑出,东嗅嗅,西挠挠。一切都跟蜂箱一样忙忙碌碌,都跟烤炉一样热火朝天。弗勒希寻找阴影。他趴在他的朋友卡特里纳身边,在她的大箩筐的影子里。一束插在棕色罐子里的红花和黄花往一旁投下阴影。位于上方的一座雕塑向外伸展右臂,加深了阴影,使它变成暗紫色。弗勒希趴在阴凉中,看着那些年轻的狗忙于恋爱。他们正在吠叫和撕咬、伸懒腰和跌倒,恣意放纵年轻的快乐。他们互相追逐,进进出出,兜了一圈又一圈,如同他过去在走道里追逐一只长着斑点的西班牙猎犬。有那么一会儿,他的思绪回到了雷丁——回到了帕特里基先生的西班牙猎犬,回到了他的初恋,回到了青春的狂喜与纯真。没错,他也有过青春。他不会妒忌他们的青春。对他而言,这个世界已然成了宜居之地。如今,他不再与它争吵。集市上的女人挠了挠他的耳后。她过去经常揍他,因为他偷了一个葡萄或者做了其他不检点的事;但现在他老了;她也老了。他守着她的甜瓜,而她挠他的耳朵。就跟她编织而他打盹儿一样。大甜瓜已经被切开,露出粉红的果肉,苍蝇在上方嗡嗡地飞。

　　阳光在百合花叶和绿白相间的阳伞上燃烧,散发出可口的味道。大理石雕像慢慢升温,变成新鲜的香槟色。弗勒希趴着,让阳光在他的毛发和赤裸的肌肤上燃烧。在炙烤过半边身体后,他翻了个身,让阳光继续炙烤另一边。从头到尾,集市上的人们都在谈天说地、讨价还价;赶集的女人们经过;她们停下脚步,用手指戳一戳蔬菜和水果。人类的说话声始终嗡嗡嘤嘤地不绝于耳,弗勒希喜欢听到这声音。过了一会儿,他在百合花投下的阴影中打起盹儿来。跟平常的狗一样,他进入了睡梦中。他的腿在抽搐——他是否梦见自己在西班牙捕猎兔子?他是否梦见自己在一座炎热的山坡地上奔跑,当兔子从灌木丛中跳出来时,深肤色的人们大喊:"Span! Span!"?后来他趴着不动了。现在又开始嗥叫,急促而又轻柔地接连叫了好几声。也许他听见米特福德先生在雷丁怂恿他的灵缇去打猎。他的尾巴温顺地摇了摇。他是否听见米特福德小姐大喊"臭小狗!臭小狗",便鬼鬼祟祟地跑回她身边,她正在芜菁地里挥舞着她的伞?他又趴着打了一会儿呼噜,被包裹在幸福晚年的酣睡中。突然,他身上的每一块肌肉都在抽搐。在粗暴的惊吓中,他醒了过来。他以为自己身在何处?在白教堂的那群暴徒中?又有刀子架在他的喉咙上?

无论怎样,他已从梦中惊醒。他匆匆跑开了,仿佛要

第六章 尾 声

逃往安全之所，仿佛要寻求避难。集市上的女人们嘲笑他，不停地把烂葡萄丢给他，叫他回来。他没在意。他飞快地穿过马路，马车轮子差点从他身上碾过——站着驾车的男人谩骂他，用手上的鞭子轻轻抽打他。半身赤裸的孩子们用小卵石丢他，在他从他们身边逃窜时大喊："疯狗！疯狗！"他们的母亲跑到门口，慌慌张张地把他们捉回来。难道他真的疯了吗？难道阳光影响了他的脑袋？还是他又一次听见了维纳斯狩猎的号角？或是来自美国的某个敲桌精灵，住在桌腿里的某个精灵，最终制服了他？不管是什么，他跟蜜蜂采蜜似的以最短距离穿过一条又一条街，直至卡萨·吉迪宅邸的大门口。他直奔楼上，直奔会客厅。

勃朗宁夫人正躺在沙发上看书。弗勒希进屋时，她大吃一惊地抬起头。不，不是精灵——只是弗勒希而已。她笑了。接着他跳上沙发，把脸挤到她面前。这时，她想起一首自己写过的诗：

　　你看这只狗。就在昨天

我陷入沉思，忘记他的存在，
翻来覆去的思考，引得我泪涟涟，
从枕头上，我躺着濡湿脸颊的地方
一只罗神般毛茸茸的脑袋，用力挤过来
突然出现在我面前——两只金色澄澈的
大眼睛，令我惊讶——一只低垂的耳朵
拍打我一侧的脸颊，抹干泪花！
我起初震惊，仿佛阿卡狄亚人
在暮光之林中，惊叹于山羊般长相的上帝；
但，随着胡子脸越来越接近，流淌下的
是我的眼泪，我知道是弗勒希，我摆脱
惊讶与悲伤——感谢这位真正的潘神，
一只低等生物，带我到达爱的巅峰。

她在温珀街非常不快乐的那段日子里写下了这首诗。现在她很快乐。她正在衰老，弗勒希也是。她朝着他俯身片刻。她脸上的阔嘴、大眼睛和浓密的鬈发依然跟他像得出奇。拆成两块，却是出自同一个模子，各自——也许——展现出对方身上沉睡的部分。但是,她是女人;而他是狗。勃朗宁夫人继续阅读。然后,她又看了看弗勒希。但他没有看她。他身上已经发生了巨变。"弗勒希!"她大喊。但他没有声音。他曾经活过;他现在死了。[10]如此而已。会客厅的桌子,奇怪的是,依然纹丝不动地站着。

资料来源

必须承认，上述传记几乎没引用什么资料。但若有读者想要查证事实或者进一步了解传记对象，建议参考以下资料：

《致弗勒希，我的狗》(*To Flush, My Dog*)
《弗勒希，又名法乌努斯》(*Flush, or Faunus*)
诗歌，伊丽莎白·巴雷特·勃朗宁 作

《罗伯特·勃朗宁与伊丽莎白·巴雷特·勃朗宁书信集》（两卷本）
(*The Letters of Robert Browning and Elizabeth Barrett Browning.* 2 vols.)

《伊丽莎白·巴雷特·勃朗宁书信集》（两卷本）

弗雷德里克·凯尼恩 编

(*The Letters of Elizabeth Barrett Browning*, edited by Frederick Kenyon. 2 vols.)

《伊丽莎白·巴雷特·勃朗宁致理查德·亨吉斯特·霍恩书信集》(两卷本)

S. R. 汤森德·梅耶 编

(*The Letters of Elizabeth Barrett Browning addressed to Richard Hengist Horne*, edited by S. R. Townsend Mayer. 2 vols.)

《伊丽莎白·巴雷特·勃朗宁：写给妹妹的信 (1846—1859)》

莱昂纳德·赫胥黎，LL.D. 编

(*Elizabeth Barrett Browning: letters to her sister 1846 - 1859*, edited by Leonard Huxley, LL. D.)

《书信里的伊丽莎白·巴雷特·勃朗宁》

珀西·拉伯克 著

(*Elizabeth Barrett Browning in Her Letters*, by Percy Lubbock)

关于弗勒希的资料，见《玛丽·罗素·米特福德书信集》（两卷本）
H. 乔利 编
(*The Letters of Mary Russell Mitford*, edited by H. Chorley. 2 vols)

关于伦敦秃鼻乌鸦群栖林地的描述，可参考《伦敦秃鼻乌鸦群栖林地》（1850）
托马斯·比慕斯 著
(*The Rookeries of London*, by Thomas Beames, 1850)

注 释

1. "印花织物"

巴雷特小姐说:"我在敞开的窗户上挂了一片纱帘。"接着,她又补充道:"爸爸奚落我,说像是甜品店后窗。尽管如此,当阳光照耀城堡时,他显然也深受感动。"一些人认为,城堡还有其他那些东西是被画在一片薄薄的金属材质上的;而另一些人则认为,那是一种有着重工刺绣的穆斯林窗帘。似乎没什么确切的方法可以用来解决争论。

2. "凯尼恩先生……因为缺了两颗门牙,说起话来有点含糊不清。"

这里有夸张和臆测的成分。以米特福德小姐的说法为准。据说,她曾经在谈话中提起霍恩先生:"你也注意到了,我们这位亲爱的朋友从来不见任何人,除了她自己的家人,以及其他一两位。她对某某先生在阅读方面的技能和品味赞赏有加,并说服他为她大声朗读她的新诗……于是,某某先生站在壁炉前的地板上,举起手稿,提高嗓门,而我们这位亲爱的朋友躺在沙发上,蜷缩在印度披肩里,长长的黑发从低垂的脑袋上落下,她全神贯注地倾听。如今,某某先生少了一颗门牙——不是最前面的门牙,而是旁边那颗——你瞧,这导致了表达上的缺陷……是一种令人愉悦的口齿不清,一种朦朦胧胧的元音软化。因此,'slience'听起来非常像是'ilence'……"几乎可以确定的是,某某先生就是凯尼恩先生;没有指名道姓是受制于维多利亚时代的人在牙齿问题上的某种特有的顾忌。但是,这牵涉到若干影响英国文学的重要问题。长期以来,巴雷特小姐总被指责听力不行。而米特福德小姐则坚持认为,更应该怪凯尼恩先生缺了牙齿。另一方面,巴雷特小姐自己也坚称,她的押韵与他缺少牙齿或她听力不行都没有关系。"我把大量的注意力，"她写道，"——远远超出应该放在押韵的精准度上的注意力——都放在了押韵的问题上，我已经下定决心，要残忍地开展冒险试验。"因此，她用"angles"押韵"candles"，用"haven"押韵"unbelieving"，用"islands"押韵"silence"——残忍地。当然，这最终还是由教授们下定论；不过，任何曾经研究过勃朗宁夫人性格行为的人，都会倾向于认为她是一个自由不羁的规则破坏者，无论是对艺术还是对爱情，因而宣判她为现代诗歌发展进化的共谋犯。

3. "黄色手套"

奥尔夫人在她的《勃朗宁的一生》中记载道，他戴着柠檬黄色的手套。布莱德尔-福克斯夫人在1835年至1836年期间曾经见过他，她说："他那时候身材苗条，肤色黝黑，长相非常英俊，而且——请允许我稍微透露一下——略有一些纨绔子弟的味道，迷恋于柠檬黄色的孩童手套之类的东西。"

4."他被偷走了。"

事实上，弗勒希共被偷走过三次；但是"三一律"要求把三次压缩成一次。巴雷特小姐总共付给偷狗贼二十英镑赎金。

5."当她坐在意大利的一个洒满阳光的阳台上写作时，那些脸会再次出现。"

长诗《奥萝拉·李》（*Aurora Leigh*）——但由于人物皆为虚构，想必勃朗宁夫人以此为题创作诗歌时，脑海里最生动的段落莫过于对伦敦贫民窟的描述（难免要遭遇一些失真，因为这位艺术家是坐在四轮马车上观察对象的，旁边还有威尔逊在扯她的裙子）。显然勃朗宁夫人对人类生活抱有浓厚的兴趣，绝无可能满足于卧室洗脸台上的荷马和乔叟胸像。

6. "莉莉·威尔逊与门卫西格诺·里基坠入热恋。"

莉莉·威尔逊的一生模糊不清，因而强烈呼吁传记作家伸出援助之手。在勃朗宁的书信中，没有其他任何一个人物——除了几个主角——能像她这样让我们既好奇又困惑。她的教名是莉莉（Lily），姓威尔逊（Wilson）。关于她的出生和成长，我们只知道这些。有一种说法，说她是"幸福终点"（Hope End）庄园里一个农民的女儿，因举止得体、围裙整洁而深受巴雷特家厨娘的喜爱。当她有一次来这个大户人家跑腿时，巴雷特夫人特意找了个借口进房间来看她，对她留下了相当好的印象，于是任命她为伊丽莎白小姐的女仆；还有一种说法，说她是伦敦本地人；也可能来自苏格兰——但这种说法很不可信。无论如何，她从1846年开始照顾巴雷特小姐。她是"一个昂贵的仆人"——她的年薪高达十六镑。她少言寡语，简直跟弗勒希差不多，因此她大体的性格也鲜为人知；而且，由于巴雷特小姐从未写过关于她的诗歌，她的外表还远不如弗勒希让我们更为熟悉。然而，从信件的表述中我们清晰地得知，她向来是一位端庄娴静、严苛到不近人情的英国女仆，是那个时代英国地下室里的荣耀。显然，威尔逊是权力和礼节的顽固拥护者。威尔逊无疑会保留"空间"；威尔逊会第一个坚持下等仆人必须在一个地方吃布丁，而上等仆人则在另一个地方。当她动手揍弗勒希时，她只说了"因为这才像话"这种含蓄的观点。如此尊重传统，不用说，会衍生出对破坏传统的极端恐惧；因此，当威尔逊遭遇曼宁街的下层社会时，她远比巴雷特小姐更害怕，更深信偷狗贼是一群歹徒。与此同时，她又以英雄主义的方式克服她的恐惧，跟着巴雷特小姐坐马车前往，反映出忠于女主人的传统是如何在她心中根深蒂固。无论巴雷特小姐去哪里，威尔逊都必须跟着去。她在巴雷特小姐私奔时期的行为方式也成功证明了这条原则。巴雷特小姐曾经怀疑威尔逊的勇气。但她的怀疑没有事实依据。"威尔逊，"她写道——这是她以巴雷特小姐的身份写给勃朗宁先生的最后几句话——"对我而言是无可挑剔的。我……叫她'胆小鬼',害怕她退缩!我开始想啊,如果胆小鬼受到适当的激励,会比任何人都更勇敢。"在此插一句,需要稍作考虑的是,那个年代的仆人的生活是极不安稳的。如果威尔逊没有跟巴雷特小姐一起走,她应该会——据巴雷特小姐所知——"在日落前流落街头",带着身上仅有的几个先令,想必是从她十六镑的年薪里节省下来的。接下来,她会面临怎样的命运?四十年代[①]的英国小说几乎不曾描写女仆们的生活,而传记作家也不曾将他们的探照灯照到如此低微之处,所以这个问题将永远得不到答案。但威尔逊决定纵身一跃。她宣称自己将"跟随我去世界上任何地方"。她离开地下室,以及那个房间和温珀街上的一切——这些对威尔逊而言,意味着全部的修养、全部的正派思想和高雅生活,前往野蛮堕落、漠视宗教的异国他乡。最奇特的事情莫过于观察威尔逊的英式优

---

① 指十九世纪四十年代。

雅与她天生的热情在意大利所发生的冲突。她嘲笑意大利法院；她震惊于意大利绘画。不过，尽管画廊里的"维纳斯下流猥琐，让她深受打击"，但值得称道的是，她还是提醒自己：女人在脱光衣服的时候就是赤裸的。甚至连我自己——她可能会想到——每天都有两三秒钟是赤裸的。于是，"她认为自己应该再试一试，或许可恶的端庄保守会退去，谁知道呢？"显然，端庄保守确实很快就退去了。没过多久，她变得不只是欣赏意大利；她甚至和大公爵的门卫西格诺·里基——"一个相当值得尊敬、道德高尚的男人，身高约六英尺"——坠入爱河。威尔逊戴上订婚戒指；打发掉一个来自伦敦的求婚者，打算学习说意大利语。然而，乌云再次降临；当云开雾散后，我们看见的是被抛弃的威尔逊——"负心汉里基退出了他与威尔逊缔结的婚约"。重重疑点落在他的兄弟身上，一位在普拉托经营缝纫用品的批发商。里基辞去大公爵门卫一职后，在他兄弟的建议下，成为一名在普拉托经营缝纫用品的零售商。或许是因为这个职位要求他的妻子具备一定的缝纫用品知识，或许是因为普拉托当地有某位姑娘可以提供这种知识，可以肯定的是，他给威尔逊写信的频率大不如前。这个相当值得尊敬、道德高尚的男人的所作所为，令勃朗宁夫人在1850年大喊道："[威尔逊]已经完全克服了，这要归功于她理智和正直的品质。她怎么能继续爱这种男人？"无法说清里基何以在如此短暂的时间内矮化成了"这种男人"。被里基抛弃后，威尔逊变得越来依恋勃朗宁一家。她不仅担负起女仆的职责，还开始做蛋糕，缝制裙子，全心全意地照料小婴儿佩尼尼；以至于过了一段时间后，小婴儿亲自把她奉至家庭成员的级别——而她原本仅仅是这个家庭的一件财产而已——并且只肯称呼她"莉莉"。1855年，威尔逊嫁给了勃朗宁家的男仆罗马尼奥利，"一个心地善良的男人"；二人为勃朗宁家料理了一段时间的家务。但到了1859年，罗伯特·勃朗宁接受了兰多监护人一职，这是一个责任重大、微妙棘手的职位，因为兰多的性格脾气非常难搞；"他没有一丁点儿的约束，"

勃朗宁夫人写道,"却有无穷无尽的猜疑。"在这种情况下,威尔逊被任命为"他的女陪护",年薪二十二英镑,"外加他的配给中的剩余部分"。后来,她的薪水被提高到了三十英镑,因为她陪伴的是"一头老迈的狮子"——有着"猛虎的冲动",如果他不喜欢当天的晚餐,会把餐盘扔出窗户,或猛摔在地上,他怀疑仆人翻他的书桌,这些——根据勃朗宁夫人的观察——"将带来某些风险,换作我本人,宁愿避开"。但在威尔逊看来,她见识过巴雷特先生和那些精灵,多几个少几个盘子从窗口飞出,或被猛摔在地上,根本没什么大碍——这些风险都只是日常工作的一部分而已。

她的一生,据我们所知,必定是不寻常的。虽然不知是否开始于某个偏远的英国乡村,但确实结束在雷佐尼可宫。至少在1897年,她还活着,作为寡妇,居住在一个她照料过、深爱过的小男孩——巴雷特·勃朗宁先生——的房子里。当她一个老妇人,坐在威尼斯的红色落日里做梦时,她可能也会认为自己的一生很不寻常。她的那些嫁给农场工人的朋友们，依然为了买一品脱啤酒，在英国的街巷里蹒跚而行。可她却已经和巴雷特小姐私奔去了意大利；她见识过各种各样的奇闻逸事——革命、门卫、精灵；还有把餐盘扔出窗外的兰多先生。那时候，勃朗宁夫人已经死了，威尔逊晚上坐在雷佐尼可官的窗边，年迈的脑海里必定是思绪万千。假装能够猜出她的心思是天底下最徒劳的事情，因为她是她的同类——历史上那些神秘莫测、寡言少语、默默无闻的女仆——之中的典范。"再也找不到比威尔逊更真诚、更温柔的心灵了"——或许可以将她的女主人的这番话作为她的墓志铭。

7. "他深受跳蚤之扰。"

在十九世纪中叶，意大利因跳蚤而闻名。实际上它们为不可逾越的传统做了贡献。比如说，纳撒尼尔·霍桑与布莱默小姐在罗马喝茶（1858），"我们谈论跳蚤——这种昆虫在罗马入侵每个人的日常生活和内心世界，如此司空见惯、难以避开，可以毫无顾忌地提及它们所带来的痛苦。可怜的布莱默小姐在为我们倒茶时，受到一只跳蚤的折磨……"

8. "尼罗曾经从顶楼窗口一跃而下。"

尼罗（约1849—1860），根据卡莱尔的说法，是"一只小古巴（或者马尔济斯？要不然就是杂交的）长毛狗，接近纯白色——一只非常亲昵活泼的小狗，此外没什么优点，几乎没受过训练"。有大量关于他的生平记述，但在此不便引用。只需知道：他被偷走了；他把一张绑在脖子上的支票带给卡莱尔去买马；"有那么两三次，我把他扔进海里（在阿伯都尔港口），他一点也不喜欢那儿"；1850年，他从藏书室的窗口一跃而下，然后"啪"的一声摔在人行道上。"那是在吃过早餐后，"卡莱尔夫人说道，"他站在敞开的窗户前，观察小鸟——当时我正躺在床上，听见伊丽莎白的尖叫声透过松木隔墙板传来：哦上帝！哦尼罗！接着，她像一阵强风般地冲下楼，来到沿街的大门前……于是我也猛地跳起来，穿着睡衣就去找她……卡莱尔先生从卧室来到楼下，下巴上还涂着肥皂，他问：'尼罗怎么了？'——'哦，先生，他一定是把腿都摔断了，他刚从你的窗口跳出来。'——'上帝保佑我！'卡莱尔先生说道，然后便回卧室继续刮完他的胡子。"不过，尼罗一根骨头也没有摔断，他活了下来；但后来又被屠夫的推车碾了一下，这场车祸导致他最终死于1860年2月1日。他被埋在切恩街最高处的花园里一块小小的石头墓碑下。

无论他是想自杀，还是因为——卡莱尔夫人曾经含沙射影地表示——他仅仅是想跟着小鸟一起跳，对犬类心理学研究而言都是极其有趣的案例。有一些人认为拜伦的狗用发疯表示对拜伦的支持；而另一些人则认为，与卡莱尔先生一起生活，逼得尼罗陷入绝望的沮丧。关于狗与时代精神的关系，有没有可能称呼一只狗为"伊丽莎白式",另一只狗为"奥古斯坦式",还有一只狗为"维多利亚式",以及它们的主人在诗学和哲学方面给它们带来的影响,这一整个问题值得更大篇幅、更全方位的探讨。目前看来,尼罗的行为动机依然是个谜。

9. "原来是爱德华·布尔维·林顿爵士以为自己已经是隐形人。"

胡思·杰克逊夫人在《一个维多利亚的童年时代》中表示:"许多年后,阿瑟·罗素勋爵告诉我,在他还小的时候,有一次母亲带他去肯沃斯。第二天早晨,他在一个大厅里吃早餐,这时进来一个穿着褴褛的晨袍、相貌诡异的老绅士,他慢吞吞地绕着桌子走,轮流瞪着每一位客人。他听见他母亲的邻桌悄悄对她耳语道:'别理他,他以为自己已经是隐形人。'那人就是林顿爵士本尊。"(第17—18页)

10. "他现在死了。"

可以肯定的是弗勒希死了,但他死亡的日期和方式不详。记载中唯一可以参考的是这句话:"弗勒希活到了一把年纪,被埋在卡萨·吉迪宅邸的地下室。"勃朗宁夫人被埋在佛罗伦萨的英国公墓,而罗伯特·勃朗宁则在威斯敏斯特教堂。因此,弗勒希依然躺在勃朗宁一家曾经居住过的宅子。

附 录

记一位忠实的朋友[①]

我们花费如此多金银购买动物，并称之为己有，这种做法既有些无礼，又有些鲁莽。人们不禁想知道，壁炉前地毯上的这些批评家会如何看待我们奇怪的习俗——他们是神秘的波斯裔，祖上曾被奉若神明，而彼时的我们，也就是他们如今的男女主人，尚在洞穴中卑躬屈膝，将自己的身体绘成蓝色。她继承无数的经验，似乎孵育在她的眼

[①] （编者按：本文的两个注释译自 Andrew McNeillie 编辑的《伍尔夫随笔集》卷一）这篇《可怜的老沙格的讣告》写于 1904 年 12 月 8 日的早晨（弗吉尼亚·伍尔夫写给维奥莱特·狄金森的信，第 200 篇），发表在 1905 年 1 月 18 日《卫报》，（Kp C04），由 B&P 转载。

"我希望，"她在给维奥莱特·狄金森的信中继续写道，"利（特尔顿）夫人能将它印出来，好让可怜的索菲（指索菲亚·法瑞尔，史蒂芬家族的厨娘）开心。她始终无法和古斯（那只篡夺了沙格地位的牧羊犬）和睦相处。"亦参见《存在的瞬间》一书中《对过去的速写》，p77—78："我能回忆起大量的意外事件……我们如何把沙格拴在栏杆上，一群孩子对公园管理员说我们残忍……"

睛里，相对于表达而言，太过庄严，太过微妙；她嘲笑，我常想，我们姗姗来迟的文明，并铭记着历代王朝的起起落落。我们对待动物，亲昵中也包含某种亵渎，半轻蔑的。我们刻意让一小部分单纯的野生生命移居，让他们在我们身边成长，变得既不单纯，也不再野生。你可能会经常在一只狗的眼睛里看见原始动物的眼神一掠而过，就好像他又变成了一只野狗，年富力强，在荒凉地带里狩猎。我们怎能如此无礼，让这些野生生物替换上我们的天性，而他们充其量也只能是模仿？这是文明所犯下的又一种精妙的罪恶，因为我们既不知道自己从纯净的环境中带走了哪些野生灵魂，也不知道我们在训练谁——潘神、仙女或树精——在喝茶时向我们讨一块糖。

在驯化我们的朋友沙格（如今已故）的过程中，我想我们并没有为上述任何罪行而感到愧疚；他本质上是一只合群的狗，在人类世界里有他自己亲近的同类。我能想象他在他所属俱乐部的凸肚窗前吸雪茄，惬意地伸展四肢，与一位朋友聊起股票市场上的新闻。他最好的朋友也无法宣称他具有任何浪漫或神秘的动物天性，但仅对人类而言，这使他甚至成为一名更好的伙伴。他来到我们中间，带着具备一切浪漫元素的血统；他，当他的潜在买家惊恐于他的价格，指着他柯利犬脑袋和柯利犬身体之下却糟糕地长着斯凯梗犬的腿时，他，有人向我们保证，不亚于一只原始的斯凯梗犬——一位酋长，堪比奥布莱恩和奥康纳登在人类贵族体系中所占据的重要地位。整个斯凯梗犬部落——继承了父母特征的那些——出于某种未知的原因，已经从地球上消失；沙格，是唯一继承斯凯梗犬纯正血统的后裔，留守在一个默默无名的诺福克村，作为一位出身低微的铁匠的私有财产，但他对主人怀有至高的忠诚，并成功地坚持了他的皇族出身，以至于我们满怀荣幸地斥了一笔巨资才买下他。他是一位伟大的绅士，无法参加平民粗鄙的捕鼠工作，这工作原本需要他，但是他肯定，我们感觉到，为家族增添了荣耀。他几乎没有哪次散步不惩罚来自中产阶级狗的无礼，他们忘了对他的阶级表达敬意，于是我们不得不给这张皇族狗嘴戴上嘴套，一直到法律不再限制

记一位忠实的朋友

之后很久。①由于步入中年，他确实变得相当独裁，不只是对他的同类，也对我们，他的男女主人；但对沙格而言，这种头衔很古怪，于是我们自称他的叔叔和阿姨。唯一让他感觉有必要将他的不愉快标记在人类肉体上的场合，是当一位来访者鲁莽地想要将他视作一只普通的宠物犬，用糖引诱他，"不用他的名字"而用粗鄙的哈巴狗的名号"费多"（Fido）来称呼他时。于是，沙格便会以他标志性的独立，不但不接受糖，反而美美地在来访者的小腿肚上咬上一大口。但是，当他感觉自己被足够尊敬地对待时，他会成为最忠实的朋友。他并非情感外露；但即便视力逐渐衰退也不会看不见主人的脸，即便耳聋也依然听得见主人的声音。

沙格生命中的邪恶之灵，是以一只可爱的牧羊犬幼犬的模样，被带入家庭——幼犬尽管血统纯正，却很不幸地

---

① 《狗嘴套法案（1871）》，虽然在文章发表时依旧有效，但通常只是作为临时的地方性措施。（不过，在1897年至1900年期间曾经在全国范围内得到执行，以求坚定不移地、成功地在英国消灭兔子。）

没有尾巴——这一事实令沙格喜不自禁。我们自我欺骗式地认为，幼犬将被沙格视同老年得子，他们将一起愉快地生活上一段日子。然而，沙格却从未忽视社交礼仪，以他优秀的诚实和独立的品质，谋求在我们心目中的地位；而幼犬却是一位年轻的绅士，具有最迷人的风度，而且，虽然我们力求公平，但沙格依然不禁感到年轻的小狗博取了我们大部分的注意力。我现在会看见他以一种笨拙羞怯的方式，抬起一只僵硬的老爪子，给我握手，而这是年轻的小狗最有用的花招之一。这几乎让我落泪。我不禁想到——虽然我微笑着——年迈的李尔王。但是沙格太老了，学不会新的礼节；他没有退路，他认定这件事应该用武力来解决。于是，在接下来的几周里紧张局势不断升级，直至战争爆发。他们亮出洁白的牙齿，攻击彼此——沙格是挑衅者——在草地上绕了一圈又一圈，将彼此紧紧咬住。等到最后被我们分开时，他们流着血，毛发蓬飞，两只狗都留下了伤疤。从此以后，不再可能和平相处；他们一看到对方，就只能狂吠和紧绷身体；问题是——谁是胜利者？谁留谁走？我们最后的决定是卑鄙的、不公的，但，或许，也情有可原。老狗已经拥有过他的光辉岁月，我们说，他必须让位给新生代。于是沙格被罢免了，被送去位于帕森格林的一间庄严肃穆的寡妇宅邸。年轻的小狗代替他掌握了统治权。一年又一年过去了，我们再也没有见过这位我们在年轻岁月里认识的老朋友；不过暑假里，在我们外出期间，他和他的照看者再次拜访我们的房子。时光荏苒，直到去年，当时我们并不知道这会是他生命的最后一年。一个冬夜，伴随着巨大的病痛和焦虑，有只狗在反复吠叫，那是在我们厨房门外等着被放进来的狗的吠叫声。已经很多年没听到那声吠叫了，现在厨房里只剩一个人能认出来。她打开门，沙格走进来，眼睛几乎看不见了，耳朵也结结实实地聋了，他过去曾经很多次这样走进来，而且，没有左顾右盼，直走到火炉边他的老角落，蜷缩在那里，一声不吭地睡着了。如果那个篡位者看到他，会内疚地偷偷溜走，因为沙格已经不再为自己的权利而战。我们永远不会知道——那是众多我们永远不会知道的事情中的一件——是怎样的古怪记忆的涌动或者心意相通的直觉，把沙格从他寄宿多年的寡妇宅邸引导出来，让他再次寻找他所熟悉的主人家的门阶。结果，家庭中最后一个住在老房子里的竟然是沙格，因为他就死在横穿通往花园之路的途中，他曾经在那座花园里，作为一只幼犬，第一次被带出来散步，咬了所有其他的狗，吓到了所有婴儿车上的婴儿。这只眼瞎耳聋的狗，没有看见也没有听见一辆双轮双座马车；轮子从他身上碾过，瞬间结束了一条原本也不可能被幸福延长的生命。对他而言，如此这般命丧于轮子和马匹之下，好过终结在毒气屠宰场，或者被投毒在马厩里。

让我们向一位亲爱的忠实的朋友道别，他的美德我们铭记在心——狗几乎没有缺点。

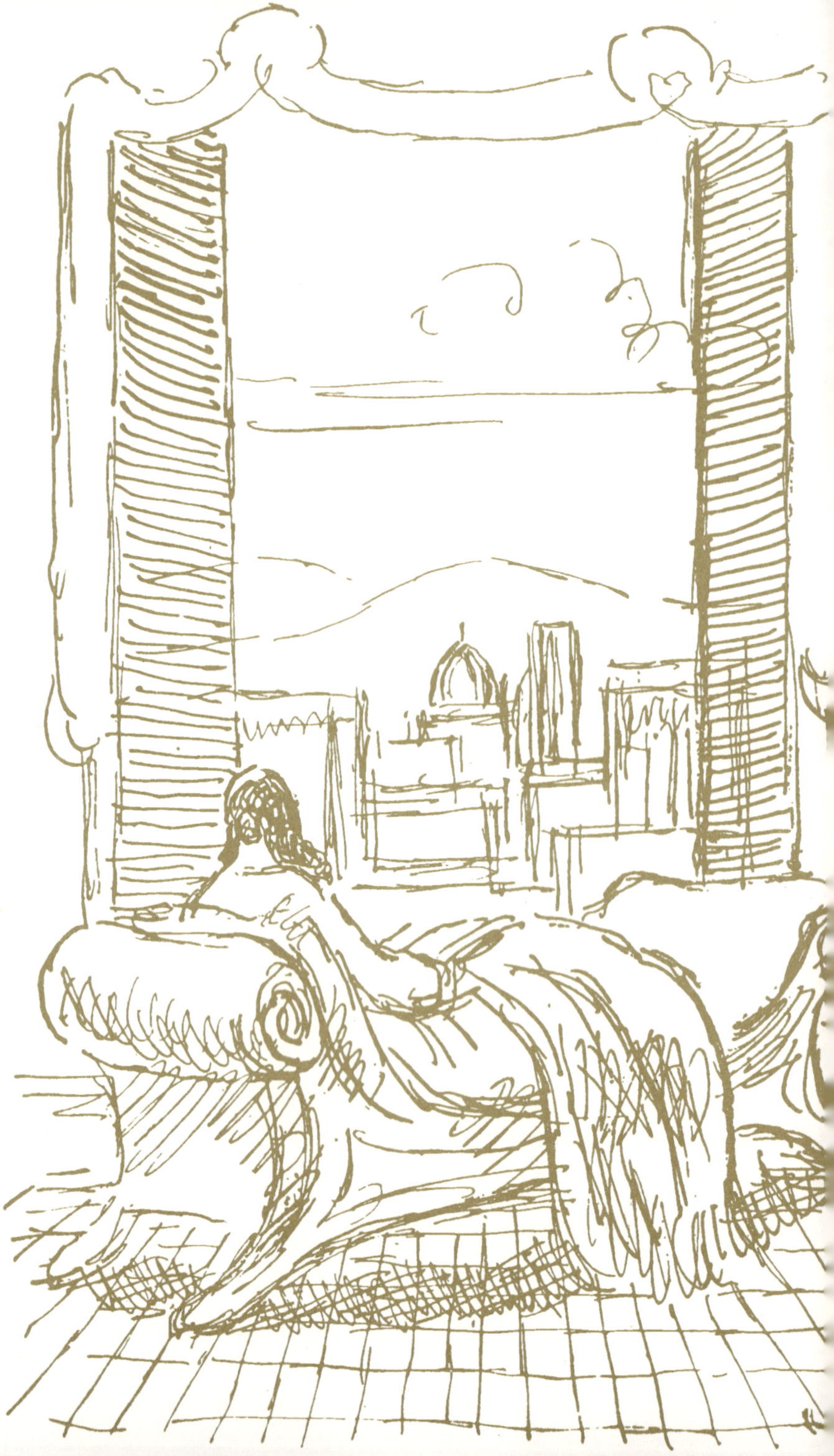